雎鸠是离爱情最近的鸟。近到它「关关」的叫声，在那思慕女子的男子听来也是在呼唤自己的爱人。

此际，她不再拒绝你伸过来的手，你越过她心里的河洲，亦接近了幸福。

【目录】

【目录】

《诗经》别册

【目录】

【对面的女孩看过来】

——关关雎鸠，在河之洲

关关雎鸠，在河之洲。窈窕淑女，君子好逑。

参差荇菜，左右流之。窈窕淑女，寤寐求之。

求之不得，寤寐思服。悠哉悠哉，辗转反侧。

参差荇菜，左右采之。窈窕淑女，琴瑟友之。

参差荇菜，左右芼之。窈窕淑女，钟鼓乐之。

——《周南·关雎》

犹豫了很久，才动笔写《关雎》。

《诗经》开篇的一篇，大家对它都烂熟了，经典到"滥"，流传到学龄前儿童也张口就来的地步，写起来就好比要把青菜豆腐做得人人称美，并非易事。二是犯馋，原谅我饕餮，一提到《关雎》，我第一时间想起的不是爱情诗句不是后妃之德，而是《射雕英雄传》里那道麻烦到家又好吃到家的"好逑汤"，于是就心思坏坏地想把那欢叫的鸟儿抓了去，找黄蓉做道"好逑汤"。

我觉得古人肯定不会跟我一样，恶俗到看到雎鸠就想拿来做汤，但是“食色性也”古人是有明言的，可见食与色性相离不远。你倾慕一个人，赞她/他秀色可餐，看着她/他的嘴就有亲吻的念头，而渐渐想把她/他整个吃下去，好像收藏在骨血里是最温暖安全的方法。

雎鸠是离爱情最近的鸟。近到它“关关”的叫声，在那思慕女子的男子听来也是在呼唤自己的爱人。古代传说雎鸠雌雄形影不离。关关，指其求偶时一递一声的相和而鸣。雎鸠被说成是贞鸟，是爱情忠贞的象征。

另据考证，雎鸠不是斑鸠，而是鱼鹰，《关雎》并非雌雄和鸣，而是以鱼鹰在河洲求鱼象征男子向女子求爱。

《诗经》有“四始”之说，《关雎》为“风之首”，开出十五国风无限气象，可见显要。在河洲上听到鸟叫看见佳人的男子，心旷神怡到难以自抑，他吟出的“窈窕淑女，君子好逑”也让后世的男子雄起了千年，自此以后，看见美女不必胆怯，美人如花隔云端又怎样？那还不是让咱们男人去追求的吗？

若没有男性爱慕眼光追随，就算河洲再美，荇菜再多，谁愿意日日在上面流连呢？无主的心会兴起无助的彷徨。听到那求偶的鸟儿欢叫也会闻声对影伤情。

足踏清波的女子，手摘荇菜，动静皆成风景，落在眼底赏心悦目事。荇菜所生之地，清波摇荡，污秽不生，亦喻诗中男女爱意洁净。

且不论君子和淑女之间谁主谁宾，男女之间，本来就需要引逗，你对我没有招蜂引蝶般的吸引力，我对你也就没有了情心萌动。

君子，淑女，代表了中国人的爱情品位。河洲，雎鸠，象征着东方人始终迷恋的缥杳朦胧的情感意境。不止是情感，东方人整体的行为都倾向于含蓄。

不想多谈朱熹，还有那些脑筋打结的儒生们怎么去歪解这首诗，管它是不是喻后妃之德呢！皇帝和平民一样需要感情，皇后与民女一样喜欢被人追求！

就算是要人敬重，也不要一开始就被供入神龛。

且看那男女怎生相悦，真是如歌如舞如痴如醉的引逗啊。这时光靠无声的荇菜在水中摇晃映衬是远远不够的，要让它活色生香起来，带着琴儿去亲近佳人吧，如果合心意，她会用瑟与君相和，娓娓奏出天长地久的谐音。

钟鼓声响起，民间的乐音比黄钟大吕更轻盈灵动，更适合不受拘束的爱情。和着钟鼓声一起起舞的两个人，一如清空翩跹的蝶。

此际，她不再拒绝你伸过来的手，你越过她心里的河洲，亦接近了幸福。

【千山万水外，我候/为你归来】

——采采卷耳，不盈顷筐

采采卷耳，不盈顷筐。嗟我怀人，寘彼周行。

陟彼崔嵬，我马虺隤。我姑酌彼金罍，维以不永怀。

陟彼高冈，我马玄黄。我姑酌彼兕觥，维以不永伤。

陟彼砠矣，我马瘏矣。我仆痡矣，云何吁矣！

——《周南·卷耳》

发现一个不算问题的问题，《诗经》里以女性为主角的诗有两多：弃妇诗多，思妇诗多。弃妇诗对于我这种性格刚烈的人来说，读起来真是别扭。我同情心匮乏，看那些女人一个个哭哭啼啼，悲悲切切，心里真是恨铁不成钢，说到底不就一男人嘛！还不是什么好男人——喜新厌旧朝三暮四，谁没了谁不活啊，至于这么寻死觅活的吗？整天以泪洗面自暴自弃，也就那点出息。

或许那男人心里本来还有一点不忍，一丝眷恋，转身来做临别的注目，结果一看，简直惨不忍睹，眼前人还是我认识的那个人吗？

观音啊，上帝啊，你瞧她哭得眼泪一把鼻涕一把，毫无仪态。再定睛一看，双眼无神，皮肤粗糙，五官扭曲，身材走形。这哪里还是当年认识的窈窕娇娘？不要怪男人喜新厌旧，换了谁还不闪得跟火箭似的去另结新欢。

思妇诗就好很多。思念是青色藤蔓上开出的白色花，纵然纠葛也明艳动人。像天暗下来独自点亮的一盏烛火，雨后天空出现的彩虹，幽凉艳美。沉湎于这样的意念，是我愿意做的事。

一直很喜欢《卷耳》，《诗经》里第一篇出现在眼中的思妇诗。它未叫我失望。人和诗亮丽清洁劈头相见，像范蠡在苎萝溪边行走，撞见了不施粉黛却艳到逼人的西施。《卷耳》也有这样不施粉黛的艳。

“采采卷耳，不盈顷筐。嗟我怀人，寘彼周行。”一个女子在思念她远役的丈夫，思念使她无心劳作，在路边采苍耳，很长时间也采不满一小筐，到最后，她索性将筐放下，在大路边张望，惦念着远方的他。

现在他走到了哪里？他在做什么？接下来的一切，好像电影蒙太奇的表现手法。时间的另一端出现了女子思想中的男子——他辗转行进在路途中，人疲马乏。筋疲力尽的他愁容满面地喝着酒，半是解渴，半是排遣忧伤。

《卷耳》写得很亮烈，我感到惊奇。遥想丈夫骑马长行的辛苦，思念让人肝肠寸断。思念滋味简直是要人命的慢性毒药，最终把人心烧干、烧成灰烬!

"我姑酌彼金罍,维以不永怀","我姑酌彼兕觥,维以不永伤"——声称不咏怀来抒咏怀,以借酒忘忧来写忧思。这种明送实留的婉转写法深深影响了后人。

借酒销愁,以酒遣伤,是后人从前人那里学到的好招。自《卷耳》始,以酒解忧的句子便屡不绝书,像曹操的"何以解忧,惟有杜康",简直就是直承《卷耳》而来。酒倒是喝了许多,不见忧解了多少,如此天长日久,到了魏晋时,这倒成一种时尚的姿态。

我素来不喜欢仔细去谈诗词所谓的章法结构,因为我不想把自己想象成法医在解剖尸体。然而,面对《卷耳》,却不得不来解一下,因为它精妙,最为人称道的地方正在它匠心独运的篇章结构上。

思念不是单行道。相爱就要心有灵犀。

后世,很多文人袭用了《卷耳》这种假设夫思妇来抒发妇思夫的表现手法,影响极为深远。举个耳熟能详的例子吧,老杜写给老婆的"情书"《月夜》——

今夜鄜州月,闺中只独看。遥怜小儿女,未解忆长安。
香雾云鬟湿,清辉玉臂寒。何时倚虚幌,双照泪痕干?

老杜的诗温厚得让人鼻酸,甚少有男子肯为妻子儿女写这样情真意切的句子,生活中看似木讷的杜甫,感情深重。有这样的男子为夫，有他心心念念，为他心心念念，纵然苦，也值得熬。

还有南朝徐陵的一首《关山月》，因是乐府，我私人更偏爱些。

关山三五月，客子忆秦川。思妇高楼上，当窗应未眠。星旗映疏勒，云阵上祁连。战气今如此，从军复几年。

——徐陵用的也是这样"反"、"映"的方法，诗意却与《卷耳》连得更紧密，仿佛是诗中未明之事，未尽之言。也许徐作这首诗时，也曾想到了《卷耳》。这并不奇怪，怀人是世间永恒的情感主题，怀念本身就有力量跨越具体的人和事，成为不朽。

自《卷耳》以后，能够领会这种技巧并娴熟掌握直至完美呈现的，当属汤显祖的《牡丹亭》。汤显祖在这部生死绝恋中，有意无意承袭了《卷耳》的手法，当少女在春闺思念未曾谋面的情人时，她的情人正朝她的方向千山万水跋涉而来。

你是心中的光，指引思念的方向。

只有无声无息，至死不息的相思才能化作信仰。爱的路千万里，我们要在一起。

我们必须相信，有些人一时如胶似漆也会脱离关系，有些人即使相隔千里也密不可分。他们一旦相遇，命运会像齿轮一样紧紧咬合。

爱是跋山涉水后所到的桃源。除此之外所见的，皆是偶然，短暂幻境，便如那渔人，找到也将离他而去。

我怎么突然想起了查尔斯·弗雷泽的《冷山》呢？英曼是美国南北战争末期一名受伤士兵，在灵魂仿佛燃尽之后，想起对爱人的承诺。强烈的归家渴望支撑他站立起来，踏上了艰辛漫长的路程。他的情人艾达则在山影交错的乡间忍受孤独，度过了孤独的蜕变期，学会了如何与粗粝尖锐的生活抗争。

也是这样心心相印。缠绵地，像两个人抵头不语，只余呼吸；酷烈地，以整个生命燃烧作代价。仿佛在冷山乡间的艾达换下蓬裙换上绿罗裙就成了三千多年前伫立在大道边的东方女子，在劳作的间歇眺望着远方，期待看见等待的那个人。而英曼呢，只需多牵一匹马，拿个青铜酒器，身后多个仆从，他也能立刻变身为三千年前的东方男子。

战争摧毁了一切，依然矗立的冷山是他们之间唯一的联系，也是他们回忆与向往的地方——一个即使你所信仰的天堂已然破灭，却仍能为你疗伤止痛的美好国度。从战场重归家乡，回到昔日思念的爱人身边，完成了自我救赎，灵魂也从破损重归完整。

电影《冷山》很明显就是写艾达和英曼的爱情，每一步都是为这个作铺垫。电影中最感人的是他们的重逢，尤其是艾达最后认出英曼那一幕。但是原著并不是这样，原著有种惊人的克制和冷漠。由此形成更深的震撼——两人几乎没有感情的表白，连英曼归来也是平淡的描述。匆匆见到了，大家很惊讶，然后艾达就把他领回了家——这就是生活,这就是归宿。

没有什么浪漫的画面,也没有什么对话。这和《卷耳》无疑又很像。电影的表现手法让我不止一次想到古老的《卷耳》。古典和现代如此紧密结合不相冲突,东西方的思想在灵魂的高度达到共鸣,宛如恋人一般,结伴走向隐秘的丛林深处。

电影《冷山》是煽情的,英曼归来的最大原因是出于对艾达的承诺。而在书中,英曼不是为了对艾达的承诺归来,艾达只是恰好等在他归来的地方。英曼并不是为了思念一个女人而离开战场,尽管这是煽情必不可少的桥段。

在书中,英曼是出于正义,出于对人们和自己的血腥行为感到羞愧自责才离开的。《卷耳》中的男子呢,他的离去,他的归来又是为了什么?

《卷耳》里,没有"执子之手,与子偕老"那样明确的誓言。一切,被一望无际的思念覆盖了。如汪洋大海,时而波澜起伏,时而波澜不惊。当中的深意,由得人去猜。

【既有灼灼容颜，还要宜其室家】

——桃之夭夭，灼灼其华

桃之夭夭，灼灼其华。之子于归，宜其室家。

桃之夭夭，有蕡其实。之子于归，宜其家室。

桃之夭夭，其叶蓁蓁。之子于归，宜其家人。

——《周南·桃夭》

《桃夭》成诗于春秋时期，或者更早。这不得不让我想起春秋时名动天下的美人——息妫。息妫因美色而亡三国。跟她差不多时代，同等功力的还有人称"三代王后"的夏姬。夏姬跟息妫不同，她对男人是来者不拒，名副其实的一代妖姬；息妫则太多身不由己，所以后人对她的态度有如西施，骂者有之，怜者亦有之。更传说她后来与息侯出逃，可惜不成功，自尽而已。息妫血溅之地，长满桃花，后人怜其命薄，建桃花夫人庙，尊她为"桃花夫人"。

史册上的"桃花夫人"不胜枚举，桃花夫人绝不止息妫一个。红颜薄命的又何止她一人？当所有荣华富贵过眼烟云散去，命运公布最终答案，也许所有的人都宁愿没有娇媚容颜，只要能免去当世的苦楚、后世的嘲弄，大家都宁愿自己是不起眼的普通人。

可惜，谁是先知？谁能在开始的时候，就无比冷静地预见了这一生？

是否，在息妫嫁时也有人唱——

> 桃之夭夭，灼灼其华。之子于归，宜其室家。桃之夭夭，有蕡其实。之子于归，宜其家室。桃之夭夭，其叶蓁蓁。之子于归，宜其家人。

我想，会是更贵族式的赞歌，像《鹊巢》或是《硕人》，息妫享受不到平实的祝福，也许命中注定就不是那种宜室宜家的女子。幸福只是天花乱坠的幻觉，被包裹好的花束，看不到根已腐烂。

《桃夭》这枝桃花，不是唐朝开在城南那一朵要命的桃花。不会有一个男子因为一个女子在桃花树下的一笑而魂不守舍，亦不会有一个女子因为一个男子的一首诗二十八个字而伤恸至死。“桃夭”艳的清正，艳得有想头，自是桃花开在庭院，映着日影彤彤，安娴姣好。

先是“灼灼其华”的初嫁，然后是“有蕡其实”的成熟持家，最后是“其叶蓁蓁”多子多孙的完满。虽然俗了，可也透了，这才是一个女子健康成熟所因循的道路，也是世间女子正常的人生轨迹。

《桃夭》明写女子的容颜，实赞女子品行出众。自古以来，人们对女子的要求就不止美貌而已，女子光有美貌是要受人质疑的。多数时候，人们认同一个女子的品行更胜过一些外在的东西。正因如此，才有娶妻求淑妇之说。

一个好的女人，要贤良淑德，品貌端庄。看起来就是受过良好教育的女子，她要心无别念，不会在外面招蜂引蝶；还要宜其家室，多子多男；她甚至还要善于处理家族内部的复杂关系，不动声色地调节平衡，不会挑拨离间多嘴多舌。这样的女子，比如《红楼梦》里的薛宝钗。

以纯爱的标准，是宝玉和黛玉匹配，天造地设，惺惺相惜。然而从社会人情的角度看，宝钗确实比黛玉适合做一个大家族的少奶奶，有这么多心思和责任，积极入世，哪有工夫叹息薄命？黛玉作《桃花行》，叹“桃花帘外开仍旧，帘中人比桃花瘦”，一派谪仙口吻。而宝钗作《临江仙》，一句“好风凭借力，送我上青云”，野心不掩，豪气不减，入世之深，寻常男子也逊色三分。难怪黛玉早夭，而宝钗家道中落后仍能咬着牙活下来。

宝钗并不是宝黛爱情里心机深沉的第三者，她同样是无奈的，也是被选择的对象。要她自己选，她未必选择宝玉，宝钗所不适合的只是做宝玉的妻子。假如换一个世俗之气的男人，说不定怎样登对！

白居易有句诗：“人间四月芳菲尽，山寺桃花始盛开。”以前不觉得怎样，现在却觉得幽美难言，那意境仿佛是天上白云。

桃花开得很早，现在却要等到其他的花都谢了，开得倦怠了才盛开，且是开在山中，这份热闹中带着难言的收敛和沉静。这种态度于荷、兰并无出奇，换了桃花就难得了，好比歌宴后的丽人褪去浓妆，惊鸿照影，美得淡定心惊。

桃花是早春的花，我记得往往是过了年不久，心思里那点节庆的气息还未凉透的时候，来乡下做客，就看见畈田井头有桃花，风吹过一阵，落花似雨，有些落在肩头，飘在水里。桃花总是这样淘气，连凋谢也要拼死热闹。或是远远的人家墙头透出一枝嫩红隔着新绿，娇艳可人。那不是我家的花，我也摘不到，可仍然那样喜悦，一团高兴。竟说不出因由，也许中国人的骨子里有桃花般的香艳，所以见了就两相亲悦。

我心里一直藏着一个欢喜的情境：乡间的旧式婚礼上，新娘子着大红嫁衣，凤冠霞帔，被人从花轿里搀扶出来，娇娇柔柔宛若碧桃初绽，黑色泥土地上散碎的鞭炮屑，则像散落一地的花瓣。红与黑，绽放和凋零对应，环境的闹，与新人的静，无形中形成强烈对比，内心的兴奋激越也和必须维持的亦步亦趋、庄重守礼相映成趣。

此时的人是茫然的，却觉得有无限好的可能，接上了天地瑞气，所以相信有无尽好光景在后头。

便如美人出自民间，也可显达于宫廷，桃花是乡气的，生在寻常百姓家，畈田村头遍地皆是，却也空灵清绝，谁说借着她寻不得桃源?

失意清醒之后的唐伯虎,在苏州桃花坞隐居,将自己的住地命名为“桃花庵”,从此不思功名,不恋富贵,卖文卖画为生,闲来在桃花树下对酒吟诗,遂作《桃花庵歌》——

桃花坞里桃花庵,桃花庵下桃花仙。
桃花仙人种桃树,又摘桃花换酒钱。
酒醒只在花前坐,酒醉还来花下眠。
半醉半醒日复日,花落花开年复年。
但愿老死花酒间,不愿鞠躬车马前。
车尘马足显者事,酒盏花枝隐士缘。
若将显者比隐士,一在平地一在天。
若将花酒比车马,彼何碌碌我何闲。
别人笑我太疯癫,我笑他人看不穿。
不见五陵豪杰墓,无花无酒锄作田。

失意才子诗歌放荡,虽有不得志的牢骚之意,但这牢骚借桃花发得漂亮,叫后人只见得才子风雅,遮掩了他心里的酸楚。

有人说,桃花难画,因要画得要静。一句话将人吸入意境中。桃花难言,往往是因为她不舍得收敛,艳得让人无所适从,无法评价。一不小心,那美变成了俗滥,俗得就好像听见一个村姑名叫桃花，你回眸一顾，却没有“人面桃花相映红”的风景。

《桃夭》难写，因它几乎将女子的美写到极致，将汉语的炼字功力发挥到极致，几乎已不可能有超越原诗的解读了。一般人如果只读过三篇《诗经》，其中必有一篇《桃夭》。刘勰《文心雕龙·物色篇》把以“灼灼”状桃花之鲜，看作是思考千年也难易一字的佳构。

经常在睡前读上几篇，觉得那音韵就是人类出世时的天籁，现在的作家怎样锻炼也难以企及的恰到极处，比如这篇。思想古人是何其天真烂漫，就像一个孩子看见这天地间每一片叶子，每一瓣花都光鲜明媚。

想起一句话，是别人文中形容唐僧的：“他师徒四人立在殿下，那三人模糊，她眼里唯见他。大红的袈裟金光闪闪，掩不住他灼灼之华。”原来这“灼灼”二字，形容男色也可。

我其实不喜欢，一个女子艳到如桃花的地步，会流于轻薄，尽管这轻薄有时也是情非得已无可奈何，被人轻薄，被命运轻薄。男人也一样，过于轻薄了，就失了男儿本色。像《西游记》里这位人见人馋的御弟哥哥，肩不能扛，手不能提，遇事优柔寡断是非不明，遇难则哭哭啼啼等人搭救，除了那一身上好白肉之外，看不出有什么好来。可惜我不是孙二娘，用不着他的肉来做包子，所以宁可喜欢有担当的孙悟空。

我便是桃花有心开，也要你枝繁叶茂足够担当。

【有种距离叫爱情】

——南有乔木，不可休思

南有乔木，不可休思。汉有游女，不可求思。

汉之广矣，不可泳思。江之永矣，不可方思。

翘翘错薪，言刈其楚。之子于归，言秣其马。

汉之广矣，不可泳思。江之永矣，不可方思。

翘翘错薪，言刈其蒌。之子于归，言秣其驹。

汉之广矣，不可泳思。江之永矣，不可方思。

——《周南·汉广》

《周南·汉广》写一个青年樵夫，爱上一位美丽的姑娘，却不能如愿，面朝烟波浩淼的江水唱出了这首诗歌，倾吐了满怀愁绪。诗中虽然没有明说，可我感觉他钟情的这位女子极有可能是南方人——这是我身为女子的直觉。

此诗可借李清照的《如梦令》作注解。

常记溪亭日暮，沉醉不知归路。兴尽晚回舟，误入藕花深处。争渡，争渡，惊起一滩鸥鹭。

易安词中所写，是江南女子才有的风致，北方女子不能与水玩得这样巧，这样亲。

一直勇于承认自己是江南女子，内心不甚虚荣。多亏古人打下的好底子，他们以诗文映衬，用文化提味，江南乃至整个南方女子便有了说不清道不明的韵味，容易让人联想到柳腰摆裙儿荡，容颜娇媚心思细密。

与之相反，我一直觉得《蒹葭》中"在水一方"的女子是北方人(不仅仅是因为《蒹葭》属于"秦风")。我更为大胆的假设是，《汉广》里这个南方女子是江南人。水乡女子才会乐于在水边游玩，驾船采莲打渔，整日又忙又闲，成为"游女"。其次，江南女子矜持狡黠，恰如这樵夫所感受到的吟唱出的苦恼——沾衣欲湿杏花雨，别有一种撩拨人心的恼人。

明白了这层心境，这男子唱的诗就不难懂，他的歌声日日在汉水边漂荡——诗中并无一字提及女子的容颜长相、举止言行，对她的描述宽泛得如氤氲的雾气。从一开始，她就只存在于诗人的吟颂思忆中，成为遥控他的精神图腾——遥不可及，又高高在上，无计亲近又无从摆脱。江南女子的恼人心处，由此可见，一如这诗中亦远亦近叫人看得着、摸不着的态度，滑得跟锦鲤似的。

男女相恋的风景其实正如崔颢《长干行》所写："君家何处住？妾住在横塘。停船暂借问，或恐是同乡。""家临九江水，来去九江侧。同是长干人,生小不相识。”一个女子看上了一个男子,她哪里是真的想知道他是不是同乡,只不过是借机来搭话而已(她若对他没有意思,他就是住到她家门口也不来电),然而却能说得这样婉转轻巧,进可攻退可守,足见聪明。这样俏皮练达的水乡女子,活泼得如同游鱼。

女追男只要找对人就很轻巧,男追女就要累人得多。这位樵夫的深情惆怅看得旁观者都着急心疼。可惜,她好像不中意他,眼中无他,反应冷淡。

“错薪”,是丛杂的灌木杂草,古代嫁娶必以燎炬为烛。故诗三百言嫁娶多以析薪、束薪喻婚庆之好。“之子于归,言秣其马”,“之子于归,言秣其驹”,一往情深到如此迫不及待。(意淫啊!)这时候他又不讲河宽河广了,似乎只要意中人一声呼唤,银河也能一步跨过去。可见阻碍他的,并非汉水的宽广深浅,而在那女子的态度。

相思无用,相反是太昂贵的痛——那位樵夫心怄得要死,对着汉江大声感慨:“汉有游女,不可求思。”

襄王有梦,神女无心。这恋情当真要多辗转有多辗转。人与人的感情就是这样,你待我多好,并不代表我要待你多好。这当中并没有一个公平交易的规则可言。你怪她无情,谁叫你先爱上她的?

有经学家将此诗解为女子贞洁,说是孔子南游,要到楚国去,在汉水边上看见一个美貌少女在浣衣,孔子命弟子子贡去试探她,子贡数次借口与她搭讪,表白自己的情思,都被这女子义正词严地拒绝,孔子有感于女子的慎重端庄,遂有“汉有游女,不可求思”之叹。

此故事大抵是经学家附会,意欲宣扬女子端庄本分,慎守贞操的好处,故事不可尽信,道理却可以参考,一个女子若太随意了,连基本的判断力都会丧失。几句花言巧语就意乱情迷,将身轻许,最后受伤受害的还是自己。

也有诗家解“汉广游女”为汉水女神,将《汉广》附会为人对神的思恋,说是一个叫郑交甫的人,在汉水边遇见了两个游玩的女子,他心里很喜欢她们,上前请求两位女子将身上所佩戴的玉佩给他,借此表白自己的爱慕之心,两女子将身上玉佩解下相赠,郑交甫欣喜异常,将玉佩深藏怀里,刚走了十来步,回头一看,两女子已不见踪影,怀中信物也荡然无存——遂有“汉有游女,不可求思”之叹。

此说虽谬,从者却还不少,可见人的心思里都有浪漫的一面,也可看出人们的普遍认知是——这男的没什么希望了!都由人人恋上升到人神恋的程度了,仙凡相隔,这男的算是彻底没戏了。

我由汉水女神很自然想到洛水女神,想起李商隐的那句诗:“宓妃留枕魏王才”,吟的是甄宓和曹植之间那段影影绰绰的情事。甄宓死后,曹植入觐,也不知道出于对弟弟愧疚的心态,还是想更狠地刺激他一下,叫他彻底崩溃,反正曹丕把宓妃留下的金缕玉带枕赐给了曹植。曹植抱着那个华丽的枕头痛不欲生,心神恍惚地来到洛水边,看见已死的甄宓化作女神来相会。醒来后也分不清是梦是真,只那相会的情景倒还历历在目。一代才子感慨万千,遂挥笔写下流传千古的《洛神赋》。

其实，它还有个更私人的名字叫《感甄赋》，大约是甄宓的儿子魏明帝长大后觉得小叔叔这样明目张胆地写对自己亡母的感情很不妥，容易遭人非议，遂将名字改为《洛神赋》。

有道是"人生不如意事十之八九"。无论是王孙贵胄还是平民百姓，一生总有些实现不了的遗憾。

事事留个有余不尽的意思，便造物不能忌我，鬼神不能损我。若业必求满，功必求盈者，不生内变，必招外忧。古语有云："月满则亏，水满则溢。"有时，留点遗憾也不见得是坏事。

人总有未完成的梦，心里记挂着，下辈子才有奔头。

【古代公务员的劳碌生活】

——嘒彼小星，三五在东

嘒彼小星，三五在东。肃肃宵征，夙夜在公。寔命不同！

嘒彼小星，维参与昴。肃肃宵征，抱衾与裯。寔命不犹。

——《召南·小星》

【上】

以前很质疑旧时私塾的教育方式，一篇文章老师只言其大意，就叫学生在底下摇头晃脑大声朗读，号称是书读百遍其义自现，分明有怠工的嫌疑——后来渐渐领会它的好处，是不叫人有依赖心。尤其是古文，很多妙处蛰伏于思想罅隙里，自悟亦是可说不可说的转圜。

言传不如意会，必须懂得才能够亲近，当我把《小星》一次一次读过，当我真正进入诗的意境中，我看到一幅夙夜忧劳的情景，仿佛推窗望月豁然开朗。

“嘒彼小星”的嘒字(读慧音)是微光闪烁,群星明茂的意思。《说文》解得更形象,说是小声说话的意思,即亮晶晶的小星,不时眨着眼睛,犹如小声低语。

《小星》是一个位卑职微的小吏,对自己日夜操劳四处奔忙的命运,发出的不平浩叹。

静谧的夜晚,万户入眠的时候,忙于王事的小吏独身夜行,与他相伴的只有天边星辰。小吏初醒,睡眼惺忪,只见天边有星,却辨不出是什么星。所以诗的开头只说“嘒彼小星,三五在东”。当他睡意渐消,才看清楚那是参星和昴星。他想到自己,离开妻子,抛开香衾暖裯,虽然是谨奉王命,不敢懈怠,但仔细去想,却难免委屈。

有人息偃在床,有人肃肃宵征,际遇天差地远。如果不以同人不同命来勉强自慰,真不知该如何排遣心中郁郁。

官和吏是迥然有别的两个概念。严格说起来,小吏并不是官,像县丞、师爷等,是不入朝籍的。拿现在的话来说,都是聘用制,没有正式编制的。焦仲卿虽然在他老娘眼里是个有出息的人,很有前途。实际上他这样的办事员在庞大的官僚系统里多如牛毛,根本不是什么希望之星,做一辈子也可能只是不入品流的小吏。

小吏并不比普通民众好多少,他们亦只是民的一种,自古以来,“民”就是个强大而卑微的概念,说它强大是因为民众担负起一个又一个王朝,建立它们又毫不吝惜地摧毁它们,真正推动历史的不是被时势选出来站在风口浪尖的英雄豪杰,而是普罗大众;说它卑微,是因为在民主概念产生之前，民连独立的概念都没有，常被呼为“升斗小民”，小就算了，还是以升斗计，简直像米铺里掉在地上的米粒一样被直接忽略。

民众的包容性太大：奴隶，自由民，小吏，甚至是官员，在某种程度上都可以称其为民。若是更替了王朝，上一个王朝的帝裔，在新的统治者看来，也只是民众。

一年收成的大部分上交，剩下的不够一家人果腹——这种际遇是农耕社会对自由民的状态而言的。若是奴姬，则更卑贱，完全没有人身自由，个人价值等同货物嫁妆。古希腊尤为霸道离谱，只要奴隶主们商量好，没有什么东西是不可以拿来交换奴隶的，比如食用盐。

古时的士大夫可以用一匹马，一匹丝绢换走一个或几个姬妾。似绿珠那样的倾城之色，身价也不过三斛明珠。

现在随便一个其貌不扬的女子，哪怕你拿着房产证存折，外加名车，想换她死心塌地以身相许她都要犹豫再三，更毋论要她为你赴死。

至于奴隶，身份就更卑贱。秦穆公时的大夫百里奚，是名门之后，更是一代名臣，助秦穆公成就一代霸业，秦穆公能成为春秋五霸之一，百里奚居功至伟。可是这位名臣被秦穆公买入时身价却非常低，只值五张羊皮，因为他当时是个奴隶。

即使是当官，是有实权的官，还是无权的官；是办实事的官，还是不管事的官;是贪官,还是清官,都是有本质区别的。

《小雅·北山》诗云:“或燕燕居息,或尽瘁事国。或息偃在床,或不已于行。或不知叫号,或惨惨劬劳。或栖迟偃仰,或王事鞅掌。……”可见同为“王臣”,同为“职司”,工作待遇并不相等,际遇也大不相同。

从古到今的现实就是——职位越低,福利越低,也越容易成为官场倾轧的牺牲品。上头出了事,常常第一时间拿来开刀垫背,成为替罪羊。

做官讲功力,做小吏更讲功力,能够像宋江做到“刀笔精通,吏道纯熟”是极不容易的。这要求对上阿谀奉承、对下恐吓呵斥本事十分纯熟,眼观六路、耳听八方才能吃得开。宋江这厮心机深沉,入主梁山就是靠着他做小吏的经验骗取人心,慢慢架空晁盖取得实权的,但这样的成功范例怎么说都是极个别的啊!

【中】

从《诗经》反映的情况来看,古代公务员的福利待遇存在的问题比现在大多了。孟子曾说过这样的意思,士人出去做官,就像农夫去种地一样。又说,最下等的士,也要使他们的俸禄足以抵得上他们亲自去耕种。

孟子既然就此情况发表言论,说明已经是比较严重的问题。不是人人都是贪污犯，官吏也不是天生就是贪污犯。当官也有清如水，明如镜，不愿收受贿赂，宁愿靠着一点固定工资辛苦挨日子的。对领导者而言，你想让人来帮你干活，得先要让别人能够养活自己。

如果一个读书人辛苦读书多年出来做事的收入还抵不上农民耕种的收入，试问他读书的动力何在？还不如把书一丢扛个锄头下田种地。就算不鼓励人追求富贵，也要解决基本的温饱问题吧。

可以看出，孟子的观点和现在提倡的“高薪养廉”不谋而合，我一直很欣赏很赞同孟子的言论，他是个非常通达的人，他的很多想法，在今日看来仍有深刻的思想价值，孟子比孔子更可亲，更务实，更人性化。

他能够将儒家思想，深入到世俗生活的细节中去，如果说，孔子创立了一种道德体系，并且矢志不渝四处宣传推广。那么孟子所做的就是继承，对这种道德思想善加运用，教导人们如何去更好更合理地生活。

《诗经》里反映官吏劳苦的诗作不止一首《召南·小星》，《邶风·北门》写的同样是一位位卑任重，处境困窘，无处诉苦的小官吏，他哀叹公事繁忙、生活艰难。可见薄俸制虽然不是导致官吏贪污受贿、压榨百姓的唯一原因，却是重要原因之一。一个社会的腐败往往是从底层的官吏开始的，当大批底层官吏纷纷欺上瞒下，敷衍塞责，贪污成风时，大面积的溃烂就开始扩散了。

不是人人都可以成长为意志刚强两袖清风的海瑞，很多人十年寒窗读书求官的起因就是迫于生活压力，试图改善生活际遇。就算不为自己奋斗，也要为家人考虑。

一个人，如果穷得连饭都吃不上，连基本生活都难以维持，你要求他道德高尚，忠君爱民更兼勤劳勇敢舍己为人是不是强人所难了一点？

【下】

《邶风·北门》同样是一首位卑任重的小官吏抱怨劳苦的诗：

出自北门，忧心殷殷。终窭且贫，莫知我艰。已焉哉！天实为之，谓之何哉！

王事适我，政事一埤益我。我入自外，室人交遍谪我。已焉哉！天实为之，谓之何哉！

王事敦我，政事一埤遗我。我入自外，室人交遍摧我。已焉哉！天实为之，谓之何哉！

比《小星》更劳苦艰辛的小吏出现了，他一样位卑任重，从“王事敦我，政事一埤遗我”（君王有事都交给我，衙门公事也派给我），可以看出，他是一个很有工作能力，尽心尽责的人。

可惜，他得不到合理的、正常的待遇，更惨的是，因为收入低微，不能让家里人满意，回到家里不但得不到家人安慰，反而受尽讥讽。

《小星》里的小吏对家庭温暖尚心存留恋之感，《北门》中的小吏回到家中，再忙再累，不会有人体恤。被外人嫌弃犹可自慰，受家人冷嘲热讽，情何以堪！

这首诗比《小星》更让我耿耿于怀，它虽然古老，说的事却并不远，可能更具现实意义。每个城市都有许多这样的人，拿着微薄的工资，起早贪黑地工作，人到中年，事业无起色，供不起房，买不起车，连病都生不起。辛苦多年的积蓄连供子女读书深造都捉襟见肘。与此同时，夫妻感情也进入冷冻期，停滞不前，感情美其名曰成了亲情，相处默然成了习惯，连做爱都是例行公事。没有贴心的话语，剩下的只有指责、怨怼和相互抱怨。

世俗男女的计较之心使得内心萎缩，日趋狭隘。生活日复一日剥落甜美、温馨的表象，露出狰狞的本相。

很少人能真正一点都不嫌贫爱富。贫富无疑是世俗社会衡量一个人成功与否的重要标准。有些爱憎之心也无可厚非，可是一个女人，如果仅以此来衡量自己的男人是否成功，那无疑是肤浅且愚蠢的。

你其实不曾将他看作可以依靠、同舟共济的亲人，而仅仅是一个踏板，甚至是一剂改善境遇的药方。换个角度想想，如果他是药方，你显然就是一直生病并懊恼病始终不好的病人。

事业不如意，是人生的大坎坷，像胃壁长久溃疡的伤口，对男人来说这伤口尤其致命。如果有家人温情抚慰，伤口也会好得快些，即使不好，痛感也会轻些。

做妻子的，也不必日日在懊恼自己眼光不济中煎熬。如果有底气的，实在不满就该义无反顾一刀两断，转身去寻找新的似锦繁花。

既然选择做了夫妻，应该坦诚相待，像动物一样互舔伤口，相互扶持才更有力量、更有希望超越困境苦难。

《诗经·召南》里还有一首写工作辛劳的诗，却与以上列举的三首不同，亦令我印象深刻。

殷其雷，在南山之阳。何斯违斯？莫敢或遑。振振君子，归哉归哉！

殷其雷，在南山之侧。何斯违斯？莫敢遑息。振振君子，归哉归哉！

殷其雷，在南山之下。何斯违斯？莫敢遑处。振振君子，归哉归哉！

我读《殷其雷》很感动，仿佛南山的雷鸣就响在耳边，风雨将至时这女子声声担忧："你怎么这个时候还要出门呢？王事繁重让你不能有一时的歇息，我勤奋有为的君子，早日归来吧，归来吧！"

惦念，伴随着不绝的雷声。多年以后，有个女子清怨地唱："月亮下，想到他，默默地，珠泪下……心里的他，快归来吧！"这歌声打动了多少人，我不知。说不清这歌和遥远的诗歌有什么致命的联系，但第一次看见“归哉归哉！”四个字时，不由就想到这首歌。

我看见，在另一个空间，千年的时光被冻结，思念那样重，重得光阴载不动。

想象我就是那远役的男人，回望星辰如眸，浮生若梦，知道身后有个人，那个人的心思我明白，她想我早日归家。我何尝不想，只是身不由己。

或许前生，我这样守候过一个人，又或许，我曾被一个人这样守候过。

同是被人等待，《殷其雷》与《小星》相似又有不同。它一样是说官吏工作辛苦，责任重大，妻子惦念操劳公事出门在外的丈夫，与之不同的是，它是从女方的角度落笔，一点怨天尤人的意思都没有，亲人的殷勤惦念，使苦意变清甜，劳碌也成为赞美。

真心期盼丈夫归来的“她”与《北门》中小吏家人的态度更有天壤之别。她是如此挂念他，一刻也放心不下，慰藉尚嫌不足，怎舍得冷嘲热讽？

《殷其雷》的译注说，“召南之大夫远行从攻，不遑宁处。其室家能闵其勤劳，劝以义也。”

难道说，因为这诗中所言男子，是“君子”而非小吏，身份相对高贵，所以连带他的亲人也深明大义起来？

我想不是的，君子是尊称，所有品行高贵，勇于承担的男子都可称之为君子，而不一定特指高官士大夫。

最根本的原因是他们感情上的不背离，休戚与共，枝叶同根，伤害你便是伤害我自己，手中匕首若扎向你，流血的先是我。

我相信人的思想觉悟有高低之别，但觉悟的高低不是令我感慨的原因。我赞赏的是《殷其雷》中传达出的相互理解、没有抱怨的深情厚意。

很多时候，我宁愿静室独坐，但更多的时候我愿意同身边的人有所交流，沟通可以使情感保持活力，使人朝朝暮暮常见常新。

不想彼此感情疏缺，不愿本就难得的感情，在日复一日的冷漠对峙中流失殆尽。

一个人做什么，生活起点的高低并不重要，最重要的是有人关心。如果失意潦倒，周遭的人仍支持你，关心你，证明你这个人是贫而不困的，仍有翻转局面的余力。这种余力，在帝王将相叫作民心所向，在普通人叫作亲情、友情。

有这样的支持，就算荆棘满地，遍体鳞伤也可以继续走下去。

【因为爱，所以性爱】

——野有死麕，白茅包之

野有死麕，白茅包之。有女怀春，吉士诱之。

林有朴樕，野有死鹿。白茅纯束，有女如玉。

舒而脱脱兮！无感我帨兮！无使尨也吠。

——《召南·野有死麕》

先说一件小有意思的事，我在写《当时只道是寻常》的时候，写到《虞美人·曲阑深处重相见》那篇用了这样一句话开头："男女偷会香艳放荡容易，风流最难。《诗经》里的《野有死麕》、《静女》等的风流清洁气质，到了后来都疏落了。"大概是这句话比较引人注目，好事之徒以为我是身体写作，力搏出位的那一型，一时之间蜂拥而至，连安全套的广告都借机给我打上了。

我当时写这句话是有感而发的。坦白地说，《野有死麕》不是爱情诗，而是偷情诗。虽然很多诗描写的都是偷情的场面和对偷情刺激之感的留恋,但从古到今诗词的分类里是没有“偷情诗”这一类的,我们一般习惯含蓄地将它掩藏在爱情诗的名下。

这首诗说的就是这样一个事:一个小伙子在打猎的时候,看中一个美丽的姑娘,他就将自己猎到的獐子用茅草包好放在空地上,等着姑娘走过去察看。这女孩果然不负所望地走了过去!——啧啧,女人的观察力在某些方面果然比男人敏锐,从古到今哪有女人不贪心!

小伙子一看时机成熟,就从角落里“吧嗒”一声跳出来——呔!手下留情!这是俺的东西!

可想而知,被人发现自己贪小便宜的女生多半会不好意思。这时候,他会很大方地表示:送你一只獐子也没有什么大不了啦,像我们这种高手那基本是手到擒来,不会落空的!

姑娘可能很含蓄地期待着小伙子把獐子送给她。这男生又想了想,虽说追女要下本钱,可是万一给了她,跑了以后约不到咋整?还是欲擒故纵一下吧,先不给她,趁机多约她一次。

于是他又约了她,下次吧,咱俩还在这里见面,俺打一只鹿给你,鹿肉可比獐子肉香多了。

女孩答应了,于是有了第二次的约会,想来这男生打猎手段高是一个方面,另外可能长得也还可以,起码挺合女孩的眼缘。关于长相问题我们是一定要提出来说的,设想一下要是长成钟楼怪人那模样的,即使是打了一车獐子,人家姑娘也不一定敢要吧,更别提下次约会了。

中间两人感情如何发展，就不必一一细述了，关键是两个人进展神速，林间的幽会已经不满足了，最后一章是小伙子开始毛手毛脚，女的半推半就，想的还细：你别把声音搞太大，别惊动了我家的狗。

看出来了吧，这已经不是在林间，林间是不会有狗的，有狗也管不到两人幽会啊，显然这是渐渐深入腹地了，可能就在姑娘家不远的隐蔽地方。

我们心领神会，掩嘴偷笑。

偷情这事，如果干得好，就叫幽会，干得不好，就叫通奸。

这个故事呢，还有另外一个开头的版本：一个女孩在林间劳作（大概是拾柴）。她看见一只被白茅草包裹好的獐子，以为没人要，正想捡来着，失主出现了。在这种尴尬的情况下，她和小伙子认识了，彼此有点意思，小伙子就约她下次再见，并许诺送她一只鹿……以下的情节发展同上，我就从略了。

其实也怪不得经生腐儒们一看见《野有死麕》就心惊肉跳，头冒虚汗，也不能完全怪人家神经过敏，这诗也确实是够大胆够刺激的，尤其最后一章全是女子口吻。想想这对后世的女孩家家的影响多坏啊，就像我们现在的家长把色情光碟、黄色网站视为洪水猛兽，生怕污染了未成年人的心灵是同样道理。

这种“淫诗”要是出现在《花间集》或话本传奇里也就罢了，偏偏它堂而皇之地出现在举世皆知的儒家典籍里。这情况就好像世界杯的比赛正在进行，突然跑进来一个高呼XX万岁的裸奔者，警察看见当然不能不管。

真正的警察肯定要管，自命道德警察的也自觉责无旁贷。麻烦的是《诗经》是孔子删改的，总不能说自己的先师不对，只好想尽办法去遮掩，甚至不惜给诗整容。

于是《野有死麕》这样的案例经过处理后，就被道德警察们定位如下："被文王之化，虽当乱世，犹恶无礼也"（卫宏《诗序》）；"贞女欲吉士以礼来，……又疾时无礼，强暴之男相劫胁"（郑玄《诗笺》）；"此章乃述女子拒之之辞，言姑徐徐而来，毋动我之帨，毋惊我之犬，以甚言其不能相及也。其凛然不可犯之意盖可见矣！"（朱熹《诗集传》）

铁一般的事实向我们证明，一旦被圣贤之道蒙了心，比猪油蒙了心还难搞干净。经他们这样一说，怀春少女就变成了贞女，吉士也就变成强暴之男，情投意合就变成了无礼劫胁，急迫的相亲相爱俨然变成了凛然不可犯的拒绝！

多么荒诞的解释，不敢直面人欲而一定要泯灭人欲！以为这样就天下太平了。很庆幸我这种个性独立的人，是生活在现在这样宽松开明的时代，不然，以我的个性，不在压抑中爆发，就在压抑中变态。可想而知，那一定是炮灰的命运。

个人爆发的威力等于水管爆了，搞得自己一身狼藉，只有机会合适的集体爆发才会产生核爆炸般改变世界格局的威力。

《野有死麕》因何给我风流清洁的气质我也说不清，那是萦绕在脑中的感觉，等到有合适的词去形容它才破土而出。

风流是不必说了，是觉得中国人骨子里都是风流的那一类，不然那些嫣然百媚、花团锦簇的文章哪里来？恐怕也轮不到我在这里胡说混饭吃了。

清洁却要明白地说一下。《野有死麕》是“诗淫”，像真正好的情色小说一样，把爱欲的本质用诗的方式展现出来，与“淫诗”是有天渊之别的。

做率性而为的人，爱就爱了。怕什么！到了两情相悦的时候，情欲因爱衍生，灵肉交融是多么美好的事情。为什么要刻意地压抑、规避？要忠于自我，有担当而无须畏惧。

礼教这只老虎，早就该把它打死，然后头也不回朝前走去。

【没法深得你心，忠贞都不吸引】

——泛彼柏舟，亦泛其流

泛彼柏舟，亦泛其流。耿耿不寐，如有隐忧。微我无酒，以敖以游。

我心匪鉴，不可以茹。亦有兄弟，不可以据。薄言往愬，逢彼之怒。

我心匪石，不可转也。我心匪席，不可卷也。威仪棣棣，不可选也。

忧心悄悄，愠于群小。觏闵既多，受侮不少。静言思之，寤辟有摽。

日居月诸，胡迭而微？心之忧矣，如匪浣衣。静言思之，不能奋飞。

——《邶风·柏舟》

【上】

《柏舟》这首诗，作者和主旨历来有两种看法。有一派认为作者是女子，身为贵妇正室却不受宠，兼被群妾谗害，忧愤而作此诗，这一派观点起自《鲁诗》，主张此诗为“卫宣夫人”所作。后为汉代刘向《列女传》所本，《韩诗》亦同《鲁诗》。

现代学者也有认为是女子所作。理由是整首诗的抒情，有幽怨之音，无激亢之语，确实不像男子的口气，因此断定这是一首女子自伤遇人不淑，满心委屈又无可诉说的怨诗。另一观点起自《诗序》，力主作者是男子，说是卫顷公时，有仁心抱负的大臣不被君上重用，反被小人谗害,此诗是君子不遇于君而作。

若解为女子,坦白说,我是看不起这样的女人的。说得再坦白点,做一个女人做到这种地步真是失败!

身为正室,既然允许丈夫纳小,等那些女人进门却又失去制约她们的能力,反而渐渐失势被她们欺辱,首先就是一大失败。其次,既然已经做出情感上的牺牲让步,在丈夫面前却不能落得一点好,赢得一点尊重和感激,犹如东风不如西风可亲,这是第二大失败。

既然阻止不了事情发生,那么就要掌握事态的发展,要做夫人,就要做得漂亮,丈夫应如手里的风筝,飞得再远,也收得回来,眼底下个把女人招摇过市也不要紧,只要不动摇自己根本。关键时刻,你的丈夫想起来可以承担商议大事的,他心里面的自己人是你,而不是别人。要这样稳重且耐得住。

夫妻之道的微妙,《聊斋志异》里有一个故事可以拿来为鉴。——一个妇人容色渐衰,被丈夫所弃,丈夫对小妾宠爱有加,她日子自然难过,没事就跑到对门一个女人家聊天。那女子自然很美,不单美还媚,妇人如临花照水自愧不如,一边叹气,一边请教人家为何能够如此,那女子也怜惜她的处境,又可惜她不会处事,就教她,你回家不要再和丈夫争闹,不要对小妾生气,若他偶然到你房来,要回绝他,等他再来时,便婉言请他去小妾那里,如是一二,等他再来求你时,你再接待他。说着教了她一些表情姿势。在那妇人看来,也觉得心花摇颤媚不可言,努力学了很多遍,才有那女子十分之一二的感觉。那女子笑叹道："这是你的资质所限，然而这样也该够了。"说完，让她回去。那妇人虽然资质普通，胜在听话。回家依计而行，丈夫果然觉得她面目一新，渐渐与她重好，对小妾冷淡起来。那小妾失了宠，益发显得举止失礼面目可憎。这边呢，妇人在对门女子的教导下，锦上添花一般，媚术日渐精进。等到她丈夫再也离不开她的时候，她去请教那女子，那女子已经不见了。这时她才知道那女子是狐仙所化，回想前事种种，那份媚态果真不是人间女子能够拥有的。

身为女子，自然不能苛求人人都如狐仙一样精通媚术，也不能期望人人如那妇人般好运，在失意的时候碰巧有个投缘的狐仙做老师，帮助处理感情危机。但像那妇人一样明智应该还是可求的。

在危机刚出现的时候，还没恶化到不可救药时就要想办法去补救。这补救不是一味地委曲求全，像《郑风·遵大路》里的弃妇拉着负心汉的手哀求。以为他会因怜悯而回头，是多么的不智呢！且不谈跌到停盘的自尊，单是这不成气的态势已经足够他趾高气扬地离开，不带半丝留恋。因他已在你处，证明了他所需要证实的价值。

你需要他，这已经不稀奇，他于是证明别人更需要他。

人多是这样的，你不舍，他舍；你舍得，或者他就舍不得。如果离开是必然的，那不如留一点余地，即使不回头，日后想起来也不至于那么血肉模糊剑戟交加；如果两个人都愿意舍，那敢情好，自此风清月朗两不相欠。夜间秉烛同游的不是你，也不再心痛。

如果真心要挽救，就要有些实际举动，而不是像《柏舟》里的妇人那样百般无计，只懂得感慨“忧心悄悄，愠于群小。觏闵既多，受侮不少”。换句话说，这样的受辱活该，谁叫你自己不够聪明！无论是看书还是看电视剧，如果恰逢这种争风吃醋斗心机的，我都乐意看那“西风”怎么压倒“东风”，通常西风够聪明够胆识，敢想敢做，敢于后来者居上。

男人的世界天生要斗，大家都遵循这信念，成王败寇没有人说什么。女人的世界怎么就不能以同样的标准去看待呢？

【下】

若将诗解为男子口吻，我是赞赏的。无论历史还是现实，如这诗中困于谗害、有志难伸的人实在不少，堪为一叹。诸位不妨翻翻史书，越是才高有见识的人，越难获得重用，越是恃才傲物越是死得难看。

盖因才智高绝者往往不屑于与小人马屁精同流合污。一旦看见不对又要做那个忠言逆耳的赶死人。再聪明机巧的人，在官场波谲云诡的倾轧中，也没有把握始终鸿运当头不受损伤。更何况，正直的人往往耿直，这样一来，也就更容易授人以柄。这样的人不倒霉，谁倒霉？

鼓儿词里有一句道：“说忠良，道忠良，哪个忠良又有好下场？”

忠良无好下场，其实倒没有多少个人的主观因素，并不是所有忠良都英勇到看见铡刀都要往上撞，往往是正好“逢彼之怒”，想躲都没得躲。

从诗中“无酒”、“遨游”、“威仪”、“群小”、“奋飞”等词语看，诗人的男子身份已是无疑。《诗序》诸多错漏，言辞偏颇，但在解释《柏舟》的诗义上，无疑是准确精当的。说一个卫国的贵族，他是卫君的同姓之臣，有理想有抱负的人，情况大概恰如比干之于纣王。眼见国事危险，总想尽责地提醒君上几句，却往往不被采纳，反而被小人借机谗害；去找主上诉苦，越发使得卫君心烦发怒；他的兄弟同宗未必个个如他一心为公，也有明哲保身的，自然不会附和他没事就触君上霉头的做法，他就越发孤立。

在这样举步维艰的情况下，他只有泛舟销愁，以歌来抒愁明志。魏徵说，民如水，君国如舟。水能载舟，亦能覆舟。《柏舟》里那位大夫泛舟的时候，不知他是否也领悟了国事如水这个道理，只是他没有能力像魏徵说得那样清楚准确。

不知为什么，这样一解的话，《柏舟》的阴柔之气就消散了。脱离了男欢女爱的狭隘范畴，将心置于更大更繁芜的空间里，《柏舟》这首诗，也随之一去颓靡，变得阳刚亮烈起来。它再出现在我们面前时，已不是那样西子捧心般的纤弱，而有一种侠气。“侠之大者，为国为民。”为国为民忧，与为一己爱憎而忧是完全不一样的意念。

《离骚》中屈原频频以香草美人作比也无损自己的刚烈洁净，因他正是明白:“我心匪石,不可转也。我心匪席,不可卷也。威仪棣棣,不可选也。”——所以眼见国事日非,不可回转,他忧心如焚,宁愿投江,也不屈从于污浊的世情。

如果,你把这句话硬解释成女子的贞顺也可以,你说她心之坚贞有异石席,不能随意翻转,不能屈服于人,自然也说得通。可这样不嫌牵强和狭隘么?须知道,古时女子向来是被驯服成柔顺的小羊羔,面对着自己的丈夫长辈,首要的品德就是懂得屈服,而不是强硬对抗。

再说,凭什么面对一个不忠贞的丈夫要保持该死的忠贞呢?还要狠狠强调自己“威仪棣棣”,不可冒犯呢?都已经被欺负成那副熊样了,就算有点威仪,也颜面扫地了。有道是,落难的凤凰不如鸡。失败时越是端架子,在旁观者看来,越是自我麻痹不肯面对现实的可笑表现。

【“长恨歌”的前生】

——硕人其颀，衣锦褧衣

硕人其颀，衣锦褧衣。齐侯之子，卫侯之妻，东宫之妹，邢侯之姨，谭公维私。

手如柔荑，肤如凝脂，领如蝤蛴，齿如瓠犀。螓首蛾眉，巧笑倩兮，美目盼兮。

硕人敖敖，说于农郊。四牡有骄，朱幩镳镳，翟茀以朝。大夫夙退，无使君劳。

河水洋洋，北流活活。施罛濊濊，鳣鲔发发，葭菼揭揭。庶姜孽孽，庶士有朅。

——《卫风·硕人》

故事要从齐家有女初长成开始，她是齐庄公的女儿，又因嫁的是卫庄公，所以被人称作庄姜。在她出嫁时，卫人惊于她的美貌和气势，作了《硕人》来称颂她。

从《诗经》反映的情况看，姜子牙的后代普遍是美女，而这个庄姜更是美到了让人惊为天人的地步，否则也不会作为第一个走入诗歌中的绝色美女而被传诵千古。

《诗经》里有一类诗是王家婚礼的礼赞，《硕人》适在其中。只是它对庄姜容貌描写得太出色，出色到后世的人都习惯把它读作了著名的女性美的赞歌。

开篇“硕人其颀”，即是高大白胖的意思，看似不符合现代这些忆瘦成狂的女人的审美观，但在先秦时代，女子的美就是这样的，就像玛丽莲·梦露，有着圆润的小腹，腰上有些许赘肉，依然性感到无懈可击。

我说过，中国是讲究门第的，这倒不一定是什么阶级观念作祟，西方也有同样观点，简·奥斯丁也执类似观点。门第对等在一定程度上真的能节约沟通成本，一个世族出身的女子所受的教育，她的观念、她接触的人群，必定与寒门小户不同。从这个角度看，庄姜的身世也无懈可击：“齐侯之子，卫侯之妻，东宫之妹，邢侯之姨，谭公维私。”——她是齐侯的女儿，她是卫侯的新娘，她是太子的阿妹，她是邢侯的小姨，谭公又是她姊夫。

齐国不消说，从春秋到战国都是超级强国；卫国虽然不咋地，好歹也是周王朝的直系亲属，“血统高贵”比不得那些诸侯旁支，想来这也是齐国乐于与卫国结亲的原因，就好像财大势大的商人，喜欢和官家结亲一样。庄姜是齐国太子得臣的妹妹，她的姐妹们所嫁的也是诸侯里有头有脸的人物。

这世上有一种人，他们仿佛不用付出什么，或是只付出很小的一部分机会成本，上天就回报他们很多。这种人你羡慕也好，嫉妒也好，他命中注定是上天的宠儿。开始的开始，庄姜也可以算作这样的人吧，上天把一切好的都给了她。她金娇玉贵，一朝出嫁，嫁的人就是卫国的国君。

除了显赫身世，初嫁的少女还有柔媚的容颜。庄姜的真容我们已无从得见，幸好还可透过文字去看，幸好这美一点也不失色。"手如柔荑，肤如凝脂，领如蝤蛴，齿如瓠犀。螓首蛾眉，巧笑倩兮，美目盼兮。"

不能不感慨诗中对庄姜美貌的铺陈，真是极尽其能。犹如满汉全席般丰盛。《硕人》是题咏美人文学作品的"千古之祖"，千载之下仍无人能出其右。

清人姚际恒称"千古颂美人者，无出其右，是为绝唱"(《诗经通论》)。方玉润也说："千古颂美人者，无出'巧笑倩兮，美目盼兮'二语。"(《诗经原始》)

孙联奎《诗品臆说》也赞叹不绝："《卫风》之咏硕人也，曰'手如柔荑'云云，犹是以物比物，未见其神。至曰'巧笑倩兮，美目盼兮'，则传神写照，正在阿堵，直把个绝世美人，活活地请出来，在书本上滉漾。千载而下，犹亲见其笑貌。"

庄姜的眼睛让人想起蒙娜丽莎，但我一直不喜欢蒙娜丽莎的笑容，我觉得有种阴毒在里面，而庄姜，中国的古典美人，她的眼睛是迷濛清澈，杳如水月的，巧笑倩兮，美目盼兮，这样温柔婉转的东方美人，是水做的骨头，她可以很高远，也可以很家常。而蒙娜丽莎是水泥做的骨头，所以你无法揣测到她高深莫测的笑容背后隐藏着什么秘密。

身世显赫的齐国公主，身材修长，艳明四方。她穿着华丽的披风，仆从如云。庄姜带着人数众多声势浩大的陪嫁队伍，行在前往卫国的路上。未来山长水远，身边春光明媚。一切如唐代那阕《长恨歌》的开始。谁能想到，举国烘托的华丽开场，结局竟比生死相隔还要凄凉呢？

“硕人敖敖，说于农郊。四牡有骄，朱幩镳镳，翟茀以朝。”那些男傧女侣，像庄姜一样，清一色的修长俊美。

“河水洋洋，北流活活。施罛濊濊，鳣鲔发发，葭菼揭揭。庶姜孽孽，庶士有朅。”第四章七句连续六句用了叠字，一方面极好地加强了诗韵；另一方面，这些自然景物或是随行排场的描写，都或明或暗或隐或现地烘托了庄姜的矜持身份尊贵。

庄姜不只美，她的贤德也是受人称颂的。在彼时，卫国人一定乐见其君娶得身世显贵的齐国公主回来，何况这位公主还这样美貌贤惠。你听诗人怎么调侃：“大夫夙退，无使君劳。”大夫们早早退朝，今朝勿使君操劳，那么节省下来的朝会时间干什么，显然是陪伴美娇娘喽！

《硕人》的主题，历来有三种观点：一是“怜悯”说。据《左传·隐公三年》记载，卫庄公娶齐庄公之女庄姜为妻，美而无子，受到谗嫉，卫人为之赋《硕人》。《毛诗序》及朱熹《诗集传》等多数古代注本采此说，称为“闵庄姜也”。二是“劝谕”说。据《烈女传·齐女傅母》记载，庄姜初嫁，重衣貌而轻德行，其傅母加以规劝，使其“感而自修”，卫人为作此诗。汉代以后今文经学系统，多采此说。三是"赞美"说。清人方玉润《诗经原始》认为此诗纯为赞美庄姜，并无"悯"、"谕"之意。今人多采此说。

《硕人》里的庄姜陡然使我想起汉乐府《陌上桑》里的罗敷。那真是秦家好女啊，美而机智，贫而知足。嫁给一个出息的男子做丈夫，一辈子恩爱不减，心里有底气，面对太守的调侃可以云淡风轻地当街拒绝。庄姜呢，身份高贵，美而贤德，嫁的人又是一国之君，可是从《卫风》所记载的诗文看，她的生活一点都不好，一点都不快乐。由于种种复杂不为人知的原因，卫君与她日渐疏远，渐成陌路。那个姿态昂然优雅走入《诗经》的女子，当身后的喧嚣渐稀，当生活一点一点地袒露险恶真相，她成了掩面啼哭的怨妇。

又好像另一个人——她的命书里写着："清明涕送江边望，千里东风一梦遥。"其实她的判词，她也合用，人与人的命途，无论间隔多久，无论是真实还是虚构，差别不大。

杨玉环"宛转娥眉马前死"，让姓李的那个人耿耿不忘愧疚余生；庄姜不死，却比缢死的杨贵妃要凄凉得多，空有尊贵地位，空留艳名芳泽，空惹后人遐想，众人艳羡的繁华富丽于她切身一点意义都没有，美人遭人冷落，比寻常妇人更堪悲。

雕梁画栋的宫殿，她环顾四周，痛觉这是个巨大阴森的坟墓，一点一点侵蚀着她的芳华，直至埋葬她的生命。

身边生机灭绝，连带她也黯黯地萎谢了！没有一个可以信赖的人，依靠更无从谈起。这是别人的国度，从一开始，就是她被迫进入的陌生之地。她连萎谢，也是无声的，无人问津，如一株植物静静死去，等到被人发现时，常常为时已晚。

人生的好与坏，仅凭开场真是难以断定啊！也许非要等到千帆过尽，甚至到阖目入土的那一天，才知道，这一生到底过得好不好。

【若走过漫漫长夜，不再爱你，我将不再寂寞】

——绿兮衣兮，绿衣黄里

绿兮衣兮，绿衣黄里。心之忧矣，曷维其已！

绿兮衣兮，绿衣黄裳。心之忧矣，曷维其亡！

绿兮丝兮，女所治兮。我思古人，俾无訧兮！

絺兮绤兮，凄其以风。我思古人，实获我心！

——《邶风·绿衣》

得陇望蜀、喜新厌旧和前列腺疾病一样是男性的高发病。女人，美貌和贤德都未必是感情的双保险。庄姜美成那样，又是齐女中难得的品性端庄，初嫁风光过后，照旧落了个秋扇见捐的下场。

之所以从庄姜身上掰起，是因为《邶风·绿衣》，《毛诗序》解作："妾上僭，夫人失位，而作是诗也。"《诗经原始》也认为是"卫庄姜伤嫡妾失位也"。旧说都习惯性从衣服的颜色断定是绿衣黄里，比贱妾尊显而正嫡幽微——古代以黄为贵。

朱熹《诗集传》更说得详细："庄公惑于嬖妾，夫人庄姜贤而失位，故作此诗。言绿衣黄里，以比贱妾尊显而正嫡幽微，使我忧之不能自已也。”我是抵死不认同朱老夫子的观点，怎么就能把悼亡之音生解到庄姜身上去呢，还扯得振振有辞。

朱熹是我们安徽人，但我十分不喜他，尤其是他解《诗经》，纯从巩固个人学术角度出发，胡扯乱吣，偶尔有些新见突破，却是流毒不浅。

关于《绿衣》的意旨，倒是孔子说得比较靠谱。《孔子诗论》云："《绿衣》之忧，思古人也。”旧说都以“古人”为古人，古代的贤者，其实“古”通“故”，也可解作故人的意思，引申为逝去的人。

那个在内室中缅怀亡妻的男人，他不会是像卫庄公这样的人。无从揣测庄公何以与庄姜不睦。中国的史书上少见风花雪月舞翩跹，再凄艳的故事，哪怕当事人心花零落血流成河，落到史官笔下也只是淡而硬的字，像留在青铜器上的刻迹，伸手摸上去，僵硬而冰冷。

很短的一首诗，情意却深长，无可抗拒。千载悼亡之音，自它而起。这就是《邶风·绿衣》。

她先他而去。他某日翻找旧衣，睹物思人，思念一时回溯，突然泪不可遏。如果他是现代人，可能只是默默地流泪，抽支烟，留下一地烟蒂。他的悲伤会像一场雨一样，下过之后再无痕迹。幸好他是先秦时代的人，于是他低低地唱起来。

他的悲伤随着他的歌留了下来，在时间的彼岸我们听到。一夕之间，华发早生。

大概是悼亡词看多了，看到《绿衣》时，不免想到纳兰容若自创的词牌名《青衫湿遍》，卢氏亡故后，下人送来她生前缝制好的衣服，容若想起妻子在病中仍不辞辛苦，勤做女红（“半月前头扶病，剪刀声、犹共银釭”），忍不住抚衣痛哭，青衫湿遍。《绿衣》中男子伤心的情景，以及他妻子所做的一切，像一面湖水，折叠交映到千年以后的清朝。谁又知以后会不会再继续交映下去呢？

《绿衣》之后，潘岳《悼亡诗》很出名，出名到自他之后，悼亡竟成了夫悼妻的代名词。《悼亡诗》在表现手法上是受《绿衣》影响的。如其第一首“帏屏无仿佛，翰墨有余迹；流芳未及歇，遗挂犹在壁”、“寝息何时忘，沉忧日盈积”等，取得是《绿衣》第一、二章意；第二首“凛凛凉风起，始觉夏衾单；岂曰无重纩？谁与同岁寒”、“床空委清尘，室虚来悲风”、“寝兴目存形，遗音犹在耳”等，为《绿衣》第三、四章意。

我怜潘岳，绝色倾城的男子，不得善终。容若也是，千古情公子，郁郁而终，仿佛只有死亡的凄丽才衬得住他们绝世容光，他们俱用心血为所爱的人留下不朽的印记。致使在他们离去之后，我们这些后来人悲哀地发现，所有的表达都像即将凋谢的花瓣一样苍白无力。

写的都是物在人亡呵，是《绿衣》先在悼亡这张琴上，奏起来悲切深沉，后来的声声叹才那么容易催红了眼睛——他反复翻看亡妻留下的衣物，针脚细密，亦如此时才知女子的情意大抵是细密无声的，合在针行线脚，临行密密缝，眼见灯花零落，熬得双眼通红。听得窗外一声鸡鸣，心里却是看见天光明亮般满足。

诗中有句话我很感慨:“我思古人,俾无訧兮!”我想起亡故的贤妻,使我平时少过失。这男子能真正体悟到这点并说出来,是令人尊重的。古语妻者,齐也,要平等相待。但是后来,不知道为什么,男人越来越喜欢显示自己的权威,凌驾于女人之上。譬如以仁义出名的刘皇叔,一样很鼓励杀妻取义的行为,宣扬“兄弟如手足,女人如衣服”。

也是有了这个感情基点,读《绿衣》时,不会觉得这男子对妻子的怀念是虚妄的,他是在怀念一种相濡以沫的精神依靠,不是在怀念生活保姆。

这首诗应作于秋季。“绿衣黄里”是说的夹衣,为秋天所穿;“绨兮绤兮”则是指夏衣而言。诗人反复拿在手里看的是才取出的秋天穿的夹衣。

自卿别后,无人问添衣。你知我是那样幼弱的人,在你面前一如孩童,你去世后,我还没有养成自己关心自己的习惯。到实在忍受不住萧瑟秋风的侵袭,才自己动手寻找衣服。也许这不是我的错,面对爱人,我们都爱娇,愿意接受对方无微不至的照顾。

大雨倾盆的香格里拉,写到《绿衣》时泪如雨下。身后这城市的雨,形同生死。瞬间来去。

若走过漫漫长夜,不再爱你,我将不再寂寞。

在我离开之后,你也会这样想念我么?

【离得开了你，让我坚强】

——燕燕于飞，差池其羽

燕燕于飞，差池其羽。之子于归，远送于野。瞻望弗及，泣涕如雨。

燕燕于飞，颉之颃之。之子于归，远于将之。瞻望弗及，伫立以泣。

燕燕于飞，下上其音。之子于归，远送于南。瞻望弗及，实劳我心。

仲氏任只，其心塞渊。终温且惠，淑慎其身。先君之思，以勖寡人。

——《邶风·燕燕》

《诗经》是要映着春秋的风月去读的。当卫风（邶地后来归属卫，邶风也可称卫风）演到《燕燕》这一篇时，庄姜的一生也将阖幕了。庄姜因何见弃于庄公不得而知。然而，她不能生育这一条，却是明证。无所出，已足以让庄公有借口疏远她，去亲近别的女人。于是，庄公忙不迭地纳了妾，从生了公子完的陈女戴妫，到生了公子州吁的宠妾，身边女人络绎不绝。

《燕燕》的诗意，《毛诗序》称："卫庄姜送归妾也。"郑笺详解之曰："庄姜无子，陈女戴妫生子名完，庄姜以为己子。庄公薨，完立，而州吁杀之，戴妫于是大归，庄姜远送之于野，作诗见己志。”这一说法影响了后世很长时间。博学如辛弃疾，在《贺新郎·别茂嘉十二弟》中还用到“看燕燕，送归妾”一句。将庄姜送归妾事和昭君出塞、陈阿娇幽闭长门宫并举，成为别离的著名典故。且不管这种理解是否有偏差，有一点是明显的，在辛弃疾的时代，这种说法是通行的。

先顺着这解释来读，前三章可以解释得过去，前三章反复写送别的情景。假设这人是庄姜，她送戴妫到郊野，望着戴妫南归的身影，泪落如雨。天空双双飞翔起落的燕子，看起来是那么亲密，与其说庄姜以诗言志，不如说她由戴妫的遭遇和眼前所见想到自身遭遇更切实一些。她这样伤心，悲切，实在是情有可原。戴妫被遣返，已足够让她兔死狐悲。显然她自己比戴妫还要惨三分。夫死无子，戴妫可以被遣返娘家。而她一样无依无靠，却还要流落外番，因为是国母，又是寡妇，按照礼法不能回娘家，得在州吁手底下屈辱求生。

可是最后的一章该怎么去解释呢？庄姜会夸赞戴妫贤良淑德已经够奇怪，哪有女人会如此诚挚热情地夸奖自己情敌的？丈夫在世时以礼相待是被礼法身份限制，迫不得已，不得不装出宽和大方的样子。丈夫都过世了，不撕破脸斗个你死我活就是有教养的女子了，哪还能这样深情眷恋？不过，我能理解《毛诗序》和郑笺理解上的偏差——解这诗的，都是有学问的男人啊！他们早已习惯用男性理想的标准和需要来要求女人，理解《诗经》了。他们太不了解女人。

男人欢喜的，应该就是这样的“庄姜”吧，庄姜，可以作为标本的女性。美貌还不够，要贤德大度来锦上添花。帮着丈夫安置小妾，送别时还要姐妹情深依依不舍——太一厢情愿地意淫了吧！这样的女人还是女人吗？不妒忌的，还是女人吗？再说，庄姜会自称寡人吗？

这样天真的牵强附会，连男人自己都觉得说不过去，所以后来也出现一些不同的意见，如《列女传·母仪》篇曰此为卫定姜送守寡的儿媳妇归国；王质《诗总闻》认为是卫君送女弟适他国，又或曰这是咏薛女事(魏源)，又或曰“恐系卫女嫁于南国，而其兄送之之诗”(崔述)。

现代人的认知，应该和王质、崔述二人比较接近。《燕燕》是情人间的送别诗，作者应当是一位年轻的卫君。此卫君是谁，已不可考。他和宗族里的一个女子(他唤她做二妹)原是一对情侣，却终不能结合，如一对燕子不能比翼双飞。当她出嫁到别国时，他去送她，因此作此诗。

《燕燕》以燕子起兴，一句“燕燕于飞，差池其羽”，实际上已开出后世诗文无限法门，后世人多以比翼双飞的鸟，比喻情人间不受拘束地相处(烂熟的“在天愿作比翼鸟”)。

送别诗的节眼，在于别情的抒发，这诗情感真切，直逼凄切的程度：“瞻望弗及，泣涕如雨”、“瞻望弗及，伫立以泣”、“瞻望弗及，实劳我心”。

仿佛这男子不怕被人看破伤心，当生离痛过死别时，他已不在意别人是否会笑他流泪是懦弱。事实上也没有人会笑他。相反，《诗经》里其他的送别诗，后世的送别诗，都在他的泪水前搁浅。那泪水太重，无力穿越。

读到这首诗的时候，仿佛看到：天青日丽的旷野上，喧哗热闹的送亲队伍渐行渐远。他碍于身份不能靠得太近，或许只能在远处驻马目送她远去。

风中隐约仍可见刺心刺目的红。嫁衣绯红，像钉子直直钉入眼睛，血流如注，痛不可挡。熟悉的香气随风飘送，拂过他的脸，如她最后一次抬手轻抚过他的脸颊。如她回眸，最后一眼凝望。

——已故父亲将温惠良善的二妹许配别国君主为的是谋取政治上更大的利益，而他在不久之后也将要另娶他人了——婚姻只是政治砝码，用来谋取更大的利益。这是政治的需要。

这首《燕燕》所隐之事，史书虽未明言，后世却有明证，此诗所言情景，恰如元杂剧《汉宫秋》里马致远写汉元帝被迫送昭君出塞时的情景，连心境都深度契合。可见劳燕分飞的经历，也并非汉元帝和王昭君两人独有。

当爱情和政治发生冲突，爱情必须让位。没有权利抱怨，没什么对不起，得面对现实。现实是卫君必须承担起国君的责任，娶一个或许一生也只能相敬如宾的妻子，失去一个真心真爱的人，灵魂像被凿空了一样无法修补。

她再也不属于你，你也不能随她而去。即使劳燕分飞也无法逃脱身负的责任。最悲哀的莫过于这样空洞还要若无其事地活下去，活给别人看。

昔时世尊在灵山会上，接受梵王所献的金色波罗花。世尊在灵山会上，拈花示众。是时众皆默然，惟迦叶尊者破颜微笑。世尊曰："吾有正法眼藏，涅槃妙心，实相无相，微妙法门，不立文字，教外别传，咐嘱摩诃迦叶。"

世间相爱到极处，也应有这样心花摇曳的默契。即使彼此曾经默契也属难得，因为曾经爱过你，所以感激。谢上天许我爱得到你。

既然已经有了决定，就面对现实吧；不能相濡以沫，那就相忘于江湖。

罗带同心结未成，江头潮已平。

爱，是会让人变得更坚强的。请你相信我，我只是一时无法止住泪。

【生死相许又如何？退一步天蓝海阔】

——日居月诸，照临下土

日居月诸，照临下土。乃如之人兮，逝不古处。胡能有定？宁不我顾。

日居月诸，下土是冒。乃如之人兮，逝不相好。胡能有定？宁不我报。

日居月诸，出自东方。乃如之人兮，德音无良。胡能有定？俾也可忘。

日居月诸，东方自出。父兮母兮，畜我不卒。胡能有定？报我不述。

——《邶风·日月》

《日月》同样是首弃妇诗，一样牵扯到庄姜。可怜的庄姜，竟在一干文人的附会下成了弃妇代言人。《毛诗序》说："《日月》，卫庄姜伤己也。遭州吁之难，伤己不见答于先君，以至困穷之诗也。"朱熹《诗集传》说："庄姜不见答于庄公，故呼日月而诉之。言日月之照临下土久矣，今乃有如是之人，而不以古道相处，是其心志回惑，亦何能有定哉？"都认为此诗作于卫庄姜被庄公遗弃后，作者为卫庄姜，指责的男子是卫庄公。如果真是如前人所解，《诗经》里的齐家女子，总叫人摇头叹一声：卿本佳人，奈何薄命。庄姜若真遭州吁之暴，那不免叫人联想起宣姜在新台遭卫宣公之暴，文姜稍微好一点，没有遭到谁的蹂躏，却在情窦初开时被意中人当着全天下人的面摆了一道，这伤害并不亚于被丈夫所弃。——要说是弃妇，齐国三个以美貌著称于世的女子，无一不是弃妇。

诗中女子所倚仗的不过道义，然而道义的谴责阻不了变心的脚步。既然懂得对着日月申诉，怎么不明了他的变心犹如日落月升，是心里厌倦，婚姻到了一定时候必然的变动。

他转头爱上别的女子，缠绵亦是同别个人。

另一张床，一番逗弄，数分钟之后，他一样达到高潮。这就是情爱的真相。

千年之后，我是带着怒其不争、哀其不幸的心，去接近这女子检点她的心伤。既知他惯于花言巧语，不能对你专心，为何还要留恋？看她哀哭，连悲悯的心也懒得付予。情爱不过跷跷板，一个人中途离开，另一个猝不及防，跌下来，摔得浑身伤。你可以指责，然而不是指责就能解决了所有疼痛。

同是弃妇，《古诗十九首》里多好，坦然言道："弃捐勿复道，努力加餐饭。"既然分手就别再说想念我。你和我都要重新开始好好生活。我所钦敬的女子是卓文君式，"闻君有两意，故来相决绝"。即使文弱如林黛玉，亦要有"焚稿断情"的清烈，不是百般无计呼天抢地求告父母。他不爱你，你可以选择继续爱他，那是你的事，不能据此要求他回过头来爱你。

可惜世间女子，习惯了痴缠。连修行了千年的白蛇，淡烟急雨中望见了那断桥上一位擎着八十四骨紫竹伞的少年，顷刻间，千年道行一朝丧，自此之后，她没有了妖的决绝，却多了人的痴缠。

你许了他仙，他还你人的背叛。这就是生死相许的真相。

是的，你有心去学白蛇，学她痴情不悔。可你要晓得白蛇这样的女子，轻易可学得来？她嫣然百媚，已胜绝世间女子。水漫金山，她有能力抗天，抗命。关键时刻她还有个生死相依的好姐妹。她被许仙所负，你看见她断桥边落泪，你看见她被镇雷峰塔，但可曾听到她在哭，在求，哭着告求父母啊，你们怎么将我嫁给这样的男人！

任她艳绝人寰，也阻止不了男人的疑虑丛生。她也知道他不值得。可是值不值得已经轮不得我想，我只知依人的规矩，救我相公出来，拼上千年道行也在所不惜。

心无挂碍，无有恐惧。白蛇这样的女子，与其说她是在爱许仙，不如说她是要在许仙身上验证她对人世情爱的理解。

可怜的许仙，到最后不过是一道求爱方程式。

不知为何在读《日月》时，想起李碧华的《青蛇》，徐克的《青蛇》，王祖贤的“白蛇”，张曼玉的“青蛇”。

柳暗花明，江南的青碧水色泼染了衣裙，西湖边，柳腰摆裙儿荡的尤物，人事不知的小青蛇，爱她稚烈天真，一心想知道情为何物，怜她触碰到真相时落下一滴清泪，敬她一剑捅了许仙，无辜而决绝地说：“你该去陪姐姐。”然后转头对一脸惊愕的法海说：“我来到世上，被世人所误。你们说人间有情，但情为何物？真可笑，连你们世人都不知道。等你们搞清楚了，也许我会再回来。”

不理他在身后恋恋不舍的那声呼唤：“小青……”

他动了心，她绝了情，他不舍，她舍。

翻身下水的小青，以东方不败坠崖同样凄艳的姿势，告别了这世上第一个，也是最后一个男人。

没有什么是在劫难逃。所谓在劫难逃只是舍不得松手的借口罢了。他若果真是你的劫，也要你甘心套牢待在里面不出来才行。

不要去学《日月》中悲戚的女子，即使她是像庄姜一样的绝色美人，你要知道，一个绝色女子若没了风骨，她还不如开在峭壁的山花。

【万里漂泊，独身遣返】

——终风且暴，顾我则笑

终风且暴，顾我则笑。谑浪笑敖，中心是悼。

终风且霾，惠然肯来。莫往莫来，悠悠我思。

终风且曀，不日有曀。寤言不寐，愿言则嚏。

曀曀其阴，虺虺其雷。寤言不寐，愿言则怀。

——《邶风·终风》

《终风》和《日月》相当好玩，都是将人的情感和自然界的事物联系起来，而且据说都是以庄姜为女主角的弃妇诗。庄姜嫁给庄公后不久，因为种种原因，夫妻感情不好起来，而庄公的宠妾却趁机邀宠，并且生下州吁。人们哀怜庄姜有才有貌却不能见宠于卫庄公，日久嫌隙渐深。一代佳人，竟成弃妇。

这样一想，古人的爱情不过美在当初，心心念念"人生若只如初见"。现代人的前卫做法是先上床，再慢慢发掘爱情，之后所得都是意外收获。反是反过来了，也有直奔主题的好处。

《毛诗序》说:“《终风》,卫庄姜伤己也。遭州吁之暴,见侮慢而不能正也。”说的是庄姜遭庄公宠妾之子州吁欺侮而作。朱熹《诗集传》说:“庄公之为人狂荡暴疾,庄姜盖不忍斥言之,故但以终风且暴为比。”

应该承认朱熹的见地还是具有突破性的,他起码见出了《终风》是卫庄姜伤己也,并非因遭州吁之暴,见侮慢而不能正也。朱熹认为这诗是写庄公和庄姜夫妻感情冲突的,庄公之为人狂荡暴疾,庄姜盖不忍斥言之,故但以终风且暴为比。

细品诗意,朱熹说得很有道理。虽然子“蒸”父妻在春秋时不算乱伦(“蒸”是指作为子辈的人收纳父亲的妻妾,除生母之外的婚姻行为),假如庄姜是被州吁欺侮,以庄姜的性格唯有切齿痛恨而已,不可能有诗中女子既哀且怨,万般留恋,难以割舍的心绪。

如果朱熹给卫庄公的性格下的定义接近事实,“庄公之为人狂荡暴疾”,那么结合史实来看,将诗中女子看作庄姜还真是未尝不可。也有评家说,这是卫国普通的女子所唱的,怨恨意中人浪荡善变不能从一而终,哀伤自己所托非人,一往情深不能获得所爱。这样的解释当然更好,比局限在某一个具体的人身上更有代表性和突破性。

但诗中的男子,注定不是一个贫家子。你看他游戏花丛,若即若离,随心所欲,断不像个寒门小户没见过女人的小子。他的所为更像一个君王,起码是贵族,身边不止一个女人(比如不去庄姜房里他可以去找其他的妾室)。我高兴了我就来临幸你,不高兴了你就得给我在房里晾着。

换一个贫家男子试试,正门到正室不过三尺,两个人共处一室抬头不见低头见,你还怎么躲,心里再怎么憋屈,到了晚上照旧要躺在一张床上。所以床头打架床尾和的是平头百姓,而长门自是无梳洗,斜倚熏笼坐到明的是帝王家。

从"顾我则笑"、"中心是悼"看出女的相当眷恋那心思不定、行迹如风的男子,她为他喜,为他忧,不得不承认他在肯和她笑谑的时候,是相当可爱,能够惹她心花怒放的。他转身离去时,又使她痛不欲生、心碎如死。

花心男人的可爱就在"花心"上,他能抓住你最想要的感觉,适时适当地给予,他很有掌控力却显得很随意,随随便便就能让眼前女子心花怒放。即使他玩厌而走,留给对方的仍是无限眷恋。

做痴心男子看似艰难实则容易,做个花心男人反倒不容易,不但需要资本,还需要手腕。能够成为女人心上朱砂痣的男人,必定是有些手段的,讨好女人自有独到之处。一个浪漫狂野,放浪不羁的男人,像你在沙漠里看见的海市蜃楼,他是伤人的,也是迷人的。

其实,是不应该把《终风》看作弃妇诗的,《终风》里面漂浮不定的感情,尚在游离,在变淡。还不到水落石出,无法挽回的程度。那女子对男子的怨艾,多少还有点《郑风·狡童》的意思。《狡童》曰:"彼狡童兮,不与我言兮。维子之故,使我不能餐兮!彼狡童兮,不与我食兮。维子之故,使我不能息兮!"郑女和情郎之间有了小龃龉,情人之间斗气暂时不来往不讲话,其实也不是什么大事。可是郑女太在意对方,冷战着,她便坐卧不宁,寝食难安。这样的状态心情和《终风》里的卫女很是相似,难道这时就能断言她被人抛弃了吗?

《终风》以暴风来比喻那薄情多变的男人,是很形象的。一个像风一样的男子,将血液溶解到风里的男子,甚至自我到让人无力去指责他自私的地步。

爱这样的人,从开始就注定了一生漂泊。无论你做原地守候的稻草人,还是随他同行的飞鸟,一样都是辛苦的。也许等他倦下来,到达他的目的地时,你已丧失了爱他,同他共守的热情。那么此后千山万里路,你要做好独身遣返的准备。

没有失败的感情。不是你不好,不是他不好,你们只是不适合。

"羌笛何须怨杨柳,春风不度玉门关。"

【与君世世为夫妇，又结来生未了因】

——击鼓其镗，踊跃用兵

击鼓其镗，踊跃用兵。土国城漕，我独南行。

从孙子仲，平陈与宋。不我以归，忧心有忡。

爰居爰处，爰丧其马。于以求之？于林之下。

死生契阔，与子成说。执子之手，与子偕老。

于嗟阔兮！不我活兮！于嗟洵兮！不我信兮！

——《邶风·击鼓》

当亚当和夏娃在伊甸园相遇，贪心纠缠的人类早已不满足最初那点对爱的确定，需要更长久的维系和确认——长相厮守。于是"执子之手，与子偕老"如约到来了。甜美而坚定的誓言，我愿意同你一起到老，在将你手握住的开始就不再松开，到老到死。

我曾经说"执子之手，与子偕老"是《诗经》里著名的可以和"窈窕淑女，君子好逑"媲美的诗句。一个是庶民对妻子的誓言，一个是庶民在对心仪女子的求爱；一个忧伤，一个愉悦，都是非常朴直的表达。先秦的人活得更亲近大自然，更符合天性，高兴了就唱，不高兴也唱。中国最早的诗歌不是写在纸上四平八稳的，它们是被唱出来的，飞流而下地跌宕起伏，珠玉落银盘般的清脆响亮。

但是“窈窕淑女，君子好逑”，怎及“死生契阔”苍凉沉郁呢？我们常常在电视剧里看见一些稚童，在学堂里摇头晃脑念“关关雎鸠，在河之洲。窈窕淑女，君子好逑”的可爱样子。在那首诗里，与伊人即使对面相隔，也只是凡尘的一条河，只要有勇气，还是可以渡过河洲，试着亲近心上人的。

世事在生死之间时，人即使身不由己也还有一丝转圜和补救的余地，然而一旦生死相隔，即使有再大的心愿也无能为力了。《击鼓》传达的就是这种生死相隔的无可奈何。

无人可以否认《诗经》里写得最好的，还是超越了政治身份禁锢的爱情诗。男女相悦是如此的天经地义。一棵树上不可能只结甜而大的果子，也有干瘪酸涩的，因此无论喜悦悲哀都要学会顺然承受。《诗经》传达的本就该是这样发自心田的喜悦或是忧伤。

《诗经》是民的文学，却要依靠士的修撰才得以流传后世。从《诗序》到《诗集传》，每个时代的读书人有每个时代的理解。他们解读的角度和方法不同，使得《诗经》也如辗转四个男人之手的陈圆圆一样，流落在不同的人的身边时展现出不一样的风貌，叫人难以摸透她迷离如烟的心思。

朱熹这个人曲解诗意，我是不喜欢的。《诗经》被他注的乌七八糟，一条大河向东流。开篇就将庶民求欢的《关雎》曲解为歌颂后妃之德，凡是涉及男女之爱，他都斥之为“淫”，之后，又一再地将自己的学术意志强加于一本天性自在洒脱的书，好比将一只遨游九天的凤凰圈养成一只供人取乐献媚的山鸡，舞姿再高妙，都已失去最初的翩然仙气。

幸而，《击鼓》未被荼毒，研究“诗”的学者，几乎没有异议地认定它是“戍卒思归不得”的诗，换言之，它是一首“反战诗”。一个被迫参加战争戍守边疆的士兵含泪唱出的爱情誓约。

鲁隐公四年（公元前719年）夏，卫联合陈、宋、蔡共同伐郑。“击鼓其镗，踊跃用兵。”一场战争打响，他是那个主战国的队伍里的一个普通小兵，跟随他们的将领孙子仲，踏上茫茫的征途。

可惜彼时，不是天下兴亡匹夫有责，不是一个民族一个国家面临侵略时，子民必须承担责任挺身而出保卫家园的时候。那场战争打响，只是君主之间的穷兵黩武，争权夺利。

这场战事，征服的欲望好像一个巨大的旋涡，以无法抗拒的力量，将所有无辜的子民席卷进去。北宋的范仲淹，他写到“人不寐，将军白发征夫泪”时，心情想必无法激昂，他一定想到过放弃、逃离。甚至有一瞬间，他想有一种力量去解放这些身处旋涡里的人，逃了吧，散了吧，这“四面边声连角起，长河落日孤城闭”，大雁的哀号，连营的号角，是如此的摧心肝！

可惜，他无能为力。每个人都无法逃脱，从将领到士兵，所有的人都是受害者，需要背井离乡，告别家人，将自己放逐到千里之外。

而死亡，那本就不能确定何时出现的流星，在战场上，更不知何时陨落。

“土国城漕，我独南行。”如何的依依不舍都将离去，你能够了解吗？我非常羡慕那些能为我们的王挖土筑城的人。是的！他们的确是非常辛苦，但是，当他们从天没亮，做工做到夜晚，非常劳累的时候，他们能够回家。

即使，即使……每天吃的只是野菜粗粮，那碗野菜汤也是亲人做成的：他的女儿去采摘，他的妻子细细地洗过，他的儿子清晨去砍柴，他的母亲守在灶台边添柴加火。

一家人一起，用力地，熬出这碗浓汤，然后耐心地煨着，在夜幕降临的时候，点着烛火等他归来。

你知道吗？他们再苦再累，毕竟可以留在故土，每天可以见到家人，喝一碗野菜汤，就是死了，魂魄也能安然。而我，必须要远涉千里，去赴那死亡的盛宴。

君子于役，不知其期。

或许，有幸我可以不死吧，可是那时我已经衰白了鬓发。而你也像道路边的杨柳老了春心，再也舞不动了。

你听见那些出征回来的士兵们怎么唱的吗？

——“昔我往矣，杨柳依依。今我来思，雨雪霏霏。行道迟迟，载渴载饥。我心伤悲，莫知我哀。”他们哀伤的声音，像一双无形的手，一刻不歇地揉搓我的心，让它始终褶皱，不得舒展。谁知道等我再步入家门的时候，还能不能看见在床边灶头忙碌的你呢?

风餐露宿长途跋涉中，我忘记有多少人因疾病和劳累死去，前面的人倒下去，后面的人催促着战马跟着踩踏上去。骨头碎裂，鲜血混入泥土，我看见一张张绝望的脸，他们在我的眼前沉没陨落。走过去的时候，我不敢回头，回头已经没有意义，等我们再经过这里时，他们已成了累累白骨，湮没在泥土中，依旧会有无数的战车，战马，无数的人踩在他们身上沉默走过。

当我们不能回头的时候，我们只能继续往前走。

终于可以暂时地驻扎下来，我们是那群死人中的幸存者，是应该感到庆幸的，可是我剩下的只有对你的思念和忧伤。它们浩浩如江水，我无力地沉沦。

最后一颗星终于消失在天边，仰望天际时，我今夜最后一次想到你，天明，军队又将起程，我不知道，明日明夜的此时此刻，我还有没有命坐在这里思念远方的你。

我的战马不见了。我得去寻它，它是我最忠实的朋友和伙伴，是的，务必要找到它，没有它，我将会被弃绝在这荒郊野外，我将没有能力走完这长路，回去见你。

叫我到哪里去找呢?哦，原来它就在远处的树林下。我是如此的神思恍惚，精神涣散，怎么忍心再去鞭打我的马儿呢?它和我一样，一样思念着家乡。

你知道吗?马嘶像风，像寂寞地、掠过荒原的风，我听见它的叫声，眼泪就流了下来。我仿佛看见你每天去田间为我送饭，柳絮飘落在你的头发上，那时候，风吹得你黑发如风中的杨柳，轻舞飞扬。

“生死契阔，与子成说。执子之手，与子偕老。”我看见这十六个字如红色的流星坠落，当我闭上眼睛的时候，我几乎感觉不到死亡的疼痛。只有，一生路尽蓦然回首时的甜美眷恋。我是如此的眷恋这人世，虽然它满目疮痍。

虽然我无法完成“执子之手，与子偕老”的誓言，可是，此刻如潮水般侵袭我脑海的全是属于你，一个人的记忆。我如此清晰地记起，某年某月的某一天，我拉着你的手，对你许诺要执子之手，与子偕老。

“于嗟阔兮！不我活兮！于嗟洵兮！不我信兮！”

现在，请你原谅我，无法做到了。生死的距离太遥远，你我的别离太久长，不是我不想遵守你我之间的誓约。

——这是一个深沉而无望的爱情故事，一个征夫和妻子之间的爱，沉默到连名字也没有。他们死后若有爱的墓碑，也许上面也是一片空白。

可是，《击鼓》的忧伤弥漫了整部《诗经》，卫国的风，千年不息地吹，吹红了，我们的眼睛。

我记得，曾经有一个女人在自己的文字王国里借着一个男人的口来探讨情的真义，她要他引用《诗经》上的句子向另一个女人求爱：“死生契阔，与子成说。执子之手，与子偕老。”

她说——死生契阔，与子相悦，执子之手，与子偕老是一首最悲哀的诗……生与死与离别，都是大事，不由我们支配的。比起外界的力量，我们人是多么小，多么小！可是我们偏要说："我永远和你在一起，我们一生一世都别离开。"——好像我们自己做得了主似的。

是的，无法自主。写这话的女人一辈子也没得到她心里想要的这十六个字。她无辜地被人辜负，然后像一只吐空了内脏的海参，寂寞地活着。

可是，为什么不会言悔，为什么还要忍不住奢望，奢望可以执子之手，与子偕老，明知杯中是鹤顶红也一饮而尽？

在我伸出手的时候，我可以看见你同时伸出的手吗？不要早一步，也不要晚一步。这人世最甜蜜最苍凉的誓言，你愿意同我一起尽心去完成吗？

不奢望做得了主的，只是卑微地希望尽些人事——曾与你指尖相碰，也好过一无所有。

【式微，诗归】

——式微，式微，胡不归

式微，式微，胡不归？微君之故，胡为乎中露！

式微，式微，胡不归？微君之躬，胡为乎泥中！

——《邶风·式微》

身在高原重山叠抱的云南小城，这里自一九九六年经历一场地震之后，为世人所知。好像被惊醒的睡美人一般，从此繁漪不绝，妖花怒放。

我先来是不喜，现在也不见得就爱。我是这样挑剔的人，看见荒凉就心生感慨，向往着热闹。看见繁华到不堪的事物又心生反感，觉得闹腾做作。夜间于山顶看见城市灯火招展如花，对它却没有一丝动荡。并非厌弃它，而只是知道，它与每个旅游城市并无不同，那美与光华不过世间物质吞吐出来的蜃楼。万千繁华终有令人厌弃、自行消散的一天，因此没有深入探求的欲望。当人真正了解内心需要，并遵从指示去做时，如同傍晚穿越花荫归家的少年，看到繁花错落满衣襟也不留恋。

所幸这里还没有完全被物质侵夺湮灭，当地的老太太仍穿着披星戴月的民族服装，早晨和傍晚在街头广场自得其乐地“打跳”，仍是女子当家的习俗，勤俭持家。由于女人的能干，男子有足够的时间悠闲生活，在树荫和水塘边常常见他们提笼架鸟，悠游闲逛，或者拿着一本书在桥头坐定。数百年前皇城八旗子弟悠然自得无所事事的景象，在这小小的山城昨日重现。

常常坐在客栈的阳台上看云，度过闲淡的时光。日影衔山的时候，看见妇女牵着马，背着箩筐经过，筐里常是装满柴火、蔬果，是一家人生活的给需。因她们，总想起《式微》。本是薄暮西山的时候，女子对在外辛勤劳作的男子的担忧和呼唤。在这里，整日在田间露水泥巴中劳作的是女人。仿佛风转了方向，“式微，式微，胡不归”成了端坐家门口烤太阳的男人对女人的殷殷等待。

这悲辛的曲子，原是劳作的奴隶，在不堪重负的间隙，以对歌的形式唱出的哀歌。对歌是民歌独有的方式，起自《诗经》。与官方的乐曲相比，它是山花开在峭壁，清新自在。汉乐府中“相和歌”是一唱一和或者一唱众人和，可以说是对歌形式的发展和延续。

对歌在云南常有。每到日落月上之时，就有人隔着水对唱。这种自然的形式在汉族已经没落，没有人在大街上隔街对嚎。因此汉人的嗓音远不如少数民族甜润清亮，唱歌时往往有唱不上去、接不上气的尴尬。KTV的音响伴奏差一点，还有跑调的可能。太习惯倚重物质器械的灵敏度来修饰，渐渐失去了甜美高亢的音色。

“式微，式微，胡不归？”是有意的设问，作歌的人自然知道天黑了还不能回家的原因——因为繁重的徭役，要养活高高在上的“君”。

生活的艰辛是上天设置的考验。众生如地上蚂蚁天天战战兢兢匆匆忙碌。农夫们感慨着“微君之故，胡为乎中露！”“微君之躬，胡为乎泥中！”——要不是因为官家的徭役多，我们怎么会顶风冒露地劳作？要不是为了将养老爷们的贵体，我们怎么会天黑还埋没在泥水里？

劳者不获，获者不劳，是讽刺的现实，像身体里有癌细胞一样残酷的存在。相信这种社会现象会随着文明的进步而被缓解，只要人的“恶性”存在，要彻底消灭剥削就是艰难久远的过程。

我在此地亦开始更多的接触一些宗教教义，世间所有的宗教宣扬的“真善美”，放置在现实生活中来看，就是换位思考，多为别人考虑。人生而平等，不要太坚持自我，那些高高在上，接受农夫奉养的士大夫们，他们内心所认定的恰恰是在人世间暂时的位置，认为农夫奴隶就是天生为他们服务，不能反抗，乃至不能有怨艾，更自以为自己所执的是王道。

这小城日日人潮汹涌，太多人过来放松，过来减压。花数千元机票往返，只为在这里晒晒太阳，偷得浮生半日闲。这些本该触手可及的东西，现在却遥不可及。何时起，我们的生活已如此窘迫如此逼仄？

如今生活在都市中的人，忙碌而错杂，虽然不用像农夫一样顶风冒露趟泥水，但生活压力也与日俱增。物质的极大丰裕亦叫人难以恢复旧时只图温饱的简单诉求。日日重叠的应酬交际，虽不见流汗，所耗费的心力却足以排山倒海，朝九晚五的辛苦未必在起早摸黑的农人之下。

大风凛冽的深夜。自笙歌不歇的场所逃离，冷风逼面而来，心中感念的正是：天黑了，我还不能按时回家，有太多朋友对我感慨，应酬繁多，喝到胃溃疡，真是身不由己啊！但是要我们碌碌无为，看别人有车有房，怎么甘心？

现时亦有农夫，仍需日日劳作田土之间，早早衰老心力交瘁，只为维持一家生计。纵然不用再供养君王官家，生活仍以毫不留情的姿态出现，强势地逼人就范。

《式微》有一种薄弱的未被剪绝的美，似在黄昏时望见的天际最后一缕霞光，远处小屋透出的一点橘黄灯光，遥远难求，却未至绝望。《诗序》里写它是黎国臣工对黎侯的劝谏，黎侯失国而寄寓于卫，黎国的臣子劝谏其君上：“国势衰微像这昏沉的暮色，我们还是回国去吧，若不是因为国君之故，我们何苦在此地受辱呢？”

这种“臣谏丁上”的说法，明显牵强，与诗的本意不符，是读书人习惯性地强奸诗意，寄托臆断。如果以这种方法来读《诗经》，等于是给自己背上一筐的石头登山。不过，这种解释的可取之处在于它的比喻，将国势比之暮色，灰心颓败之感立刻生动鲜明，直至今日，我们说什么形势潮流走下坡路时，都会用到“式微”一词。

文字的美和存在的力量，其实在于它传达一种真理和坚定，因此获得冲破时间空间禁制的力量。不同时代的人，一样会在夕阳西下，在有所思忆的时候，不自觉地吟出：“式微，式微，胡不归？”

我想起王维，他曾经在暮游郊野的时候，吟出：“斜光照墟落，穷巷牛羊归。野老念牧童，倚杖候荆扉。雉雊麦苗秀，蚕眠桑叶稀。田夫荷锄至，相见语依依。即此羡闲逸，怅然吟式微。”

王维这个天生的完美理想主义者，他以他天性中的冲淡清和，举重若轻地拂去了《式微》上的汗水和泥土，让愤懑变得宁静。他的眼睛看见的，是一幅悠然自足的田园风光，展现在他诗中的，有人间烟火，而无人间疾苦。平常郊野，寻常村落，在他的描摹下，俨然是桃源胜景。

王维不是刻意要去美化什么，这实在是天性所致，温暖闲逸是他所最能迅速感知的。一样的田园，如果站在那里看的人是杜甫，他吟出的诗必定是另一番景象。

江南小镇，文化底蕴浓厚，方言里就有“式微”一语，在天黑时走在古街小巷，脚边流水淙淙，听得一声“式微咯，回家吃饭咯！”回首之间，看见有人倚门而立，明知唤的不是自己，也有丝丝暖意涌上心来，瞬间有回家的冲动。

人生长行寂寥，赏心悦目却少。有人终其一生也只是为等待一个人，一声唤。若在天黑欲转归程时，得你一声唤，唤我回家食饭。那么，无论这双脚是行在露水中，还是泥水中，如何满心疲累都可以卸下，拥住你，展颜一笑了。

【一出有预谋的乱伦悲剧】

——新台有泚,河水弥弥

新台有泚,河水弥弥。燕婉之求,蘧篨不鲜。

新台有洒,河水浼浼。燕婉之求,蘧篨不殄。

鱼网之设,鸿则离之。燕婉之求,得此戚施。

——《邶风·新台》

周灭商以后,作为功臣之一的,大名鼎鼎的钓鱼不用弯钩不用饵的姜尚先生就被分封到现今的齐鲁大地上,做了齐国的开国君王,异姓显贵。

说起姜子牙,我这好色女不免想起蓝天野老先生在电视剧《封神演义》里的扮相,那真是仙风道骨,这次第,怎一个潇洒了得哇!我不免心猿意马地想,如果历史上的姜尚也像蓝老先生那样到了八十岁还那么举止有型、潇然如仙的话,那么我们就可以理解为什么后来数百年内齐国出尽美女,引得诸国公子王孙趋之若鹜,纷纷怜芳草，步步逐罗裙，逐到最后成了周朝诸侯联姻的成例——当时的上流社会男子，无不以迎娶齐国姜姓女子为人生乐事。虽然陈国的人看不太过眼，喊出了“岂其娶妻，必齐之姜?”的口号，但这微小的基于酸葡萄心理发出的反对声音，又岂能和滚滚大流蔚然成风妻齐相抗衡? 陈国的破落贵族唱哑了嗓子，各国的诸侯照样是争先恐后地派出使节去齐国求亲。

公元前718年夏天，当齐僖公的长女宣姜到了适婚年纪(古代的姓名制度不健全，尤其是女子常常有姓无名，姜姓公主嫁给了卫宣公，就被后人称为宣姜)，卫国派来了使者，为太子向宣姜公主求婚。

卫国与齐国联姻的历史悠久，卫太子姬伋的爷爷卫庄公，曾娶了齐庄公的女儿庄姜，历史上第一个以美貌而出现在诗歌中的绝色美人。姬伋身上也流着姜家的血液。他的母亲名夷姜，曾经是卫宣公之父庄公的妃子，可是卫宣公却与这位庶母私通，生下了这个儿子，偷养在宫外。当宣公终于继位为王的时候，他便正式将夷姜纳入自己的后宫，并立夷姜与自己的儿子伋为太子。

这年宣姜十五岁，姬伋不过十六七岁，和公主的美貌闻名于世一样，卫国太子的俊美儒雅，也是诸国间有名的。虽然身世方面有些小小问题，但其时子“蒸”父妾也属寻常，这并不妨碍他的未来国君身份。

齐僖公当然立刻就答应了这桩十全十美的婚事。宣姜的幸福似乎舒展了手心即可获得。若果真如此，她一生不过似深宫静月，似她的先人庄姜一样幽凉深静，东周的历史在日后也不会产生如此大的波折动荡。

事情的变数发生在一个小小的使臣身上。为太子求婚的使臣是个急功近利、趋炎附势的小人，一边堂堂皇皇地为国陈情，一边自有自的盘算：眼瞅着卫宣公身板还硬朗，太子伋还不知什么时候能当上王上，当不当的上也还是未知数，自己也没有把握一定获得伋子宠信，还是努力拍好今上的马屁要紧实在。主意既定，回到国内，这厮就立即向卫宣公打小报告：主上，齐国公主是绝色美女，像这样娇艳欲滴的花骨朵儿，您应该自己享受，又何必留给伋子那样不解风情的小孩呢？

老色鬼姬晋一合计，是那么回事。想当年无权无势时，他就敢在父王的眼皮子底下勾引庶母，德行之劣和色胆之大可想而知，如今王权在手，更是无所忌惮。

色心满满的老家伙立刻把姬伋派往宋国去当外交使节。说起来伋子也笨，眼看着要结婚的人了，突然被老头子派到国外公干，居然一点也不怀疑，也不知道据理力争推托一下，起码也要结了婚再去嘛！白白便宜了姬晋这个老混蛋。从后来的事情看，他在国外待得时间还不短。不过也有可能是老色鬼姬晋借着自己国君的权力犯浑，伋子拧不过他，只好委委屈屈心存疑虑出国公干。

姬晋一面在首府近郊（河南濮阳）淇水之畔修了一座藏娇的行

宫，名为“新台”，一面派自己的亲信左公子泄前往齐国迎亲，直接把宣姜迎上了新台。这就是历史上有名的“新台纳媳”。

宣姜的一生就在黄河之滨的新台折转，发生了裂变。想来不用为高鹗所续《红楼梦》中移花接木、偷龙转凤的伎俩惊心，须知，在公元前七世纪初的时候，就已经出现过这种婚姻的悲剧了。

本来美人得配玉郎，犹如陌上观花，日影染身，心里称心如意。宣姜虽未亲见，但耳闻卫国太子英俊，心里想必是满意的。她满心憧憬地来到卫国，没料自己归宿竟是这样个老丑无德的家伙，面对面目全非的事实，宣姜疑惑而绝望。一时之间难以自处，恐怕连死的心都有。她不敢也不能贸然做出反抗，首先事关国体，事关她自己的名声；其次因为消息闭塞，她也没见过结婚的对象，她也不知道父亲到底是把她许配给宣公还是太子伋子。如果是许配给伋子，为什么不见伋子？和自己拜堂的人居然成了自己的公公！

话说回来，正常人哪想得到姬晋那么色胆包天呢？总之一句话，见过无耻的，没见过这么无耻的。可叹历史上还不是姬晋一枝独秀，在以后的时间里这样大权在握又敢于“扒灰”的混蛋比比皆是！时间上和姬晋的“新台案”离得比较近的是蔡景公蔡同先生和楚平王芈弃疾先生（芈是楚国国姓，音mi，辞典上的意思是羊叫声，这个姓够奇异的，现在很少见了）。

同样是父纳子妻，蔡同先生被愤怒的儿子蔡般（蔡灵公）引兵入宫，一刀了账；芈弃疾先生就是京剧《文昭关》里伍子胥口口声声痛骂的楚平王，他侥幸善终，死后被愤怒的伍子胥从坟墓里拖出来鞭尸。所以我要对焦大说，不要动气啦，比起历史上这些著名的“扒灰”事件，贾府那点破事算个啥？

卫人厌恶宣公的秽行，同情齐姜所适非人的遭遇，遂作《新台》，将这出乱伦悲剧如实地记载了下来。

诗中“河水弥弥”、“河水浼浼”，亦似有暗喻宣姜泪流不止之意。“籧篨”就是癞蛤蟆，“戚施”是指虾蟆，而“鸿”，是“古蚃”的合音，古蚃就是虾蟆。卫人用癞蛤蟆、虾蟆等物，形容宣公老丑狠恶的形貌。其实，先秦时代崇尚早婚，到伋子成年的时候，宣公也不过三十来岁，不会老得掉了牙。何况这厮既然有本事勾引庶母，加上儿子伋子长得又粉帅，可见他也不会丑到哪里去。这方面，余冠英先生的译诗就不太好了，唯心地按照字面意思把宣公说成驼背鸡胸的老汉。不过这个老淫棍的德行真叫人无语，一字记之曰：“贱！”怎么丑化他都不嫌过分。真是一个披着人皮的禽兽，把他跟禽兽比是侮辱了禽兽。

人们以张网捕鱼比喻觅得佳偶。来撒网是为了捕捉到鲜鱼，结果却网到令人厌恶的癞蛤蟆。春秋时的人比喻朴直而生动，不比后来人喜欢盘用典故。那时的人还不惯于玩弄文字，但求话能说得清楚明白。《诗经》里所比的，都是生活化的事物，拿来比拟却又恰到好处，深得人心。

新台筑得再高大巍峨金碧辉煌又怎样？与己拜堂的，不再是当初心之神往、前来相亲的翩翩少年，成了自己的公公，一个面目陌生心地淫亵的老混蛋。命运若无其事地开了一个险恶的玩笑，宣姜看见，那是姬晋也是命运透过姬晋露出的阴险的笑。她闭上眼，痛到极致便失去了知觉。眼泪滑落。

宣姜事后向父亲哭诉，齐僖公怒则怒矣，却也没有进一步的动作。嫁出去的女儿犹如泼出去的水，所以也只是一阵风地发了顿脾气，不咸不淡地叹了口气，道一句“木已成舟”。他没有为女儿讨回公道的意思，事到如今也确实是一笔糊涂烂账。再动干戈也于事无补，无非是让宣姜在天下人前再被剥掉一层皮。

大凡女子总被人定位模糊，命好命蹇无非天意，嫁鸡随鸡嫁狗随狗嫁个猴子满山走。齐僖公不愿为了女儿大动干戈。何况，女儿早点登上王后的位子，早点成为君夫人，于他也是有政治之利的，因此，齐僖公也就默许了这种侵夺。还是那句话，在权位面前，爱情永远位居其后。

自此，宣姜的人生如被大力搓揉过的纸，底色再白，也是旧了。

【史家之言，从来，与真爱无关】

——二子乘舟，泛泛其景

二子乘舟，泛泛其景。愿言思子，中心养养！

二子乘舟，泛泛其逝。愿言思子，不瑕有害。

——《邶风·二子乘舟》

【上】

宣姜年轻淡漠的容颜在臣民的议论声中一闪而过。时光好像谁也不曾惊动，悄然前行了十五年，寿和朔已经长大了，当日的垂发小童，已经长成了堪与姬伋对抗的男儿。不止是身体，还有心计。

寿是仁义温顺的孩子，他敬爱着自己的大哥，从未有过非分之想；朔却不甘心，他不要做御座下终生匍匐的臣子，他始终眈眈于王位，盘算着要将姬伋从太子的宝座上拉下来，自己坐上去。

宣姜成了他利用的对象。朔深知，宣公依然爱恋着母亲的美色，必会对她的话言听计从。他编造了谎言，说姬伋从来就没有忘记过夺妻之恨，甚至还发誓在继位之后，要将他母子铲除干净。

没有哪个母亲不相信儿子的。宣姜大惊失色，带着姬朔去找宣公，希望能够救得儿子一命。卫宣公根本不觉得，这件事的祸根是起在自己身上，他听了姬朔告的阴状后，把姬伋的生母喊来，痛骂她教子无方。

姬伋的母亲夷姜，就在这天夜里自缢了。

【中】

"夷姜既死，宣姜欲立寿，乃与寿弟朔谋构伋子。"(《列女传》)

史家之言，从来，与真爱无关。

——接下来，宣公决定要斩草除根。宣姜没料到事情会发展到这一步。她根本不愿意有谁死去，更不愿意死去的是姬伋。

然而，宣姜的哀求已经起不了作用了，姬朔告的这一状，正戳到卫宣公的痛处：他已经老了，害怕自己会死在正值盛年的长子手里。

卫宣公派姬伋出使齐国，并让太子使用一面特别的旌旗："四马白旄尾"。以此为标志，派杀手在路上准备暗杀。

我一直不屑把唐玄宗和卫宣公相提并论，卫宣公这个泯灭人伦的老混蛋哪里配！李隆基爱上了自己的儿媳，用了计谋，可是他并没有用强，事后也没有掩饰自己行事的意思，面对诸子诸女，天下臣公，三宫六院，黎民百姓，他坦荡荡地爱宠着自己的儿媳，他更不会杀死儿子去堵天下的悠悠众口。三郎真爱着玉环，甘愿承受身前身后的诽议滔滔。

而宣公，他爱慕的只是宣姜年轻媚人的容颜。他爱的只是他自己。

宣姜得知了这个消息，连忙让自己的儿子姬寿去给大哥送信。这就是《二子乘舟》之事的本源。

宣姜仿佛看见小舟在河上漂漂荡荡，她心中有深深的思念和忧虑呵，忧心忡忡难以安稳，流水浮舟，小船载你到远方，希望你们不要遭受灾殃。

姬寿追上姬伋，将消息告诉他。奈何姬伋是君子，怎么也不相信自己的父亲能对自己痛下杀手，坚持要出发。

姬寿决心为弟弟赎罪，在送行宴上，他将姬伋灌醉，自己代替他出发了。

杀手见到白牛尾的旌节，不分青红皂白，将姬寿杀死。姬伋醒来，终于明白事实真相，连忙去追赶弟弟。

他赶到的时候，姬寿已经倒在血泊里。

姬伋痛骂杀手，叹道："误矣！君命杀我，寿有何罪？"

醒过神来的杀手一不做二不休，把他也乱刀砍死。

两人竞相替死，让人动容。卫国人伤其死而思之，作诗哀之。

然而死者已矣，他们成全了自己的仁孝美名，却给生者带来无限的哀痛。获知了爱子和爱人的死讯，宣姜痛不欲生。小儿子的心狠，老丈夫的手辣，一切历历在目，她被利用了！等她明白时，为时太晚。

有时候，知道诗歌文字背后的故事，并不会叫人快乐。

【下】

卫宣公夺媳杀子多行不义，卫之臣不耻他的行为，作《鹑之奔奔》来讽刺他。

诗曰："鹑之奔奔，鹊之彊彊。人之无良，我以为兄？鹊之彊彊，鹑之奔奔。人之无良，我以为君？"翻译成白话就是一通犀利带劲的好骂。

相传，此诗的作者为卫宣公的庶弟左公子泄、右公子职。不管作者是谁，总之是骂出了所有人的心声——这厮禽兽不如！全诗两章，每章四句，均以"鹑之奔奔"与"鹊之彊彊"起兴，极言禽兽尚有固定的配偶，而卫宣公纳媳杀子、荒淫无耻，禽兽不如，枉为人父，枉为人君。

读《诗经》，还是可以看出当时的言论是相对宽松的，后世再难见这样剥皮拆骨不留情面的讽刺。先秦时代的人们，高兴而歌，怨怒也歌，率性而为，那时虽有了周公制定周礼，可是像小学生学习礼貌一样，人却没有因礼而变得虚伪，相反却是恭谨可爱，看见花儿招手，看见太阳公公打招呼，看见鱼虾也要叽叽咕咕半天。后世的人不断在种种道德和标准之间自我肯定和否定，力求自我完善，又多了"为圣者讳"的虚伪。失却的，往往正是最初的一点真诚和辛辣！

【八卦的开始，一生的结束】

——墙有茨，不可扫也

墙有茨，不可扫也。中冓之言，不可道也。所可道也，言之丑也。

墙有茨，不可襄也。中冓之言，不可详也。所可详也，言之长也。

墙有茨，不可束也。中冓之言，不可读也。所可读也，言之辱也。

——《鄘风·墙有茨》

卫宣公作孽太深，在杀子之后不久就一命呜呼。姬朔继位，是为卫惠公。

惠公即位后立刻罢免了左公子泄和右公子职。公子泄和公子职先因太子伋与公子寿之死，后因免职一事，对惠公心怀怨恨，于是借惠公离国会盟之时，迎立公子黔牟，拒惠公于国外。惠公得位毕竟名不正言不顺，闻二公子作乱，吓得国也不敢回，赶紧脚底抹油，连夜投奔齐国去也。

姬伋和寿遇害以后，宣姜也随着他们的死变得了无生机，和当初失去爱妻的姬伋一样整天沉默寡言。

她的一生都丧在男人手上，先是禽兽不如的公公断然灭绝了她可能的爱意，再是人面兽心的儿子借刀杀人，除去了她最在意的两个男人。她想恨他们，可他们却与她血肉相依，密不可分。她恨他们，更恨自己。

借着怀念寿，她终于可以放任自己怀念姬伋，可是这怀念有太多的来不及。怀念本身就是无可挽回的结果。

她也从未奢求得到姬伋的原谅。她从不曾说出口的，实际上是多么汹涌的爱意，无关紧要，真的无关紧要。

从初见的那刻起，他们就注定了某种错过，注定以平行的姿态两两相望，然后两两相忘。

姬朔出逃以后，宣姜落在了卫国左公子的手里。此时的宣姜已然不是那个情窦初开时人事不知的小女生了。她被命运历练得不动声色，她早已看穿，她这个人，和她的婚姻一样，不过是男人们用来争权夺利的棋子。她厌倦了一切，万念俱灰，请求左公子杀了她。但是卫国的贵族们并不想开罪齐国。因为宣姜的娘家——齐国一直是诸侯之中的大国。

彼时齐僖公已死，齐国当下的国君已经是宣姜的哥哥齐诸儿（齐襄公）。齐襄公这个好事之徒对外甥的求救本想予以帮助，可是此时襄公正向周王室求婚，而卫国新君黔牟亦同是周天子之婿，不便兵戎相见。襄公为防卫国臣民因恼怒杀掉宣姜，更为了维护齐国和卫国旧族的关系，居然力主让宣姜再嫁给和姬伋一母所生的兄弟——昭伯顽，这种乱点鸳鸯谱在后世来看是不可思议的事情，简直荒唐乱伦，但在当时好像并不算太出格的行为。

虽然名为公主，实际上只不过是国家间的政治工具，宣姜在茫然中再次接受了命运的摆布。卫国臣民得此消息，心想能借此贬低宣姜名号，也欣悦不已。据说公子顽(昭伯)顾念父子之伦，拒不从命。所谓顾念父子之伦是儒家的刻意美化罢了，我看是嫌弃的成分多点，他身为王室公子，身边姬妾众多美女不少，实在犯不着捡老爹的破鞋，娶一个身败名裂的女人。

公子职见公子昭伯不从，恐怕齐国一旦怪罪下来，会使两国关系破裂，于是心生一计，借故邀公子昭伯赴宴，然后灌醉他，再将他移至宣姜的寝室。公子昭伯酒醒后，见事已至此，只好纳宣姜为夫人。

当然也有人说是宣姜不同意，《左传》上记载："齐人使昭伯烝於宣姜，不可，强之。"是男方不同意，《东周列国志》的故事上也说："宣公儿子昭伯被人灌醉，拖到宣姜房中，梦中与宣姜成事，遂结为夫妻……"不管谁强迫谁，反正这两个人最后是在一起了，还生了三男二女，长男齐子早卒，次子戴公申，三子文公毁，长女嫁于宋国桓公，次女嫁于许国穆公，故称许穆夫人。

尽管宣姜和公子昭伯的婚姻是受外力胁迫促成的，他们的婚姻在当时也不算乱伦，"蒸"这种继婚方式在春秋时是被允许和认可

——《沙汀鸳鸯图》（明　仇英）

雎鸠是离爱情最近的鸟。近到它「关关」的叫声，在那思慕女子的男子听来也是在呼唤自己的爱人。

——《洛神图》（清　萧晨）

曹植抱着那个华丽的枕头痛不欲生，心神恍惚地来到洛水边，看见已死的甄宓化做女神来相会。醒来后也分不清是梦是真，只那相会的情景倒还历历在目。一代才子感慨万千，遂挥笔写下流传千古的《洛神赋》。

——《仕女图》（清　包栋）

人多是这样的，你不舍，他舍；你舍得，或者他就舍不得。如果离开是必然的，那不如留一点余地，即使不回头，日后想起来也不至于那么血肉模糊剑戟交加；如果两个人都愿意舍，那敢情好，自此风清月朗两不相欠。

——《桃花双燕图》（清　朱偁）

世间相爱到极处，也应有这样心花摇曳的默契。即使彼此曾经默契也属难得，因为曾经爱过你，所以感激。谢上天许我爱得到你。

——《松鹤图》（清　沈铨）

卫公好鹤是可以和叶公好龙并举的事，叶公还可说是只限于个人爱好，被真龙吓到半死，也只是自己献世；那卫懿公却是好鹤好到荒淫失政，要给仙鹤封官，按品级给俸禄，耍宝耍到朝堂国事上，终至民怨沸腾，被北方的狄人趁机攻破国门，自己也被砍成肉酱。

——《幽篁坐啸图》（清　禹之鼎）

绿竹青青的水边，有一个男子，他气度高雅，举止从容，也许在沉思，也许是在会友，和朋友相戏相谑，也许只是一个人弹琴。《淇奥》所吟出的意境让我想起王维，和他那些清雅如月下竹林的田园诗。

——《纣王女娲宫进降》
（清　木板年画）

西周的灭亡，是因为周幽王姬宫涅先生的荒淫残暴，致使犬戎攻破镐京，周朝国祚倾颓，这情景和商纣王荒淫失国，被武王消灭何其相似呢？

——《鱼藻图》（明　王翘）

晚上在大妍古镇的新华街喝茶等人，有名的艳遇一条街。看到人潮如水从身边过，红男绿女好像深海里潜行的游鱼，带着暧昧、不可言传的表情，互相窥探。在这里，有个美好的默契，大家默认的共识就是艳遇和被艳遇。

的，但下辈与上辈淫乱，是最不齿于人的丑闻，卫人认同之余又难认可，遂作《墙有茨》以“疾之”。诗云：

墙有茨，不可扫也。中冓之言，不可道也。所可道也，言之丑也。

墙有茨，不可襄也。中冓之言，不可详也。所可详也，言之长也。

墙有茨，不可束也。中冓之言，不可读也。所可读也，言之辱也。

本来，卫国宫闱丑闻是妇孺皆知的，用不着明说，诗人故弄玄虚，大卖关子，宣称宫中的秘闻“不可道”！随后故意露点口风：以“丑”、“长”、“辱”三字藏头露尾，点到为止，以不言为言，比直露叙说更有情趣。

从文学的角度上来说这是好诗，深谙儒家深婉之道。然我最见不得这种自命道德警察的人，明明八卦得要死，还一本正经。对别人口诛笔伐的人，把别人骂得体无完肤的人，自己未必就是心如赤子，体无瑕疵。每个人的作为都有既定的轨迹和原因，有如深海岛屿，外人所见不过外在形貌，无从得知内在曾经经历过怎样的更替变迁。

诗中虽惺惺作态表示言之“丑”、“长”、“辱”，看似欲言又止，实则八卦得眉飞色舞，唾沫横飞。大家都知道宫闱私事之所以是私事，正在于它不可道、不可详、不可读。可是越乱越脏越有人爱看，宫闱之外的人所津津乐道的也正是这种水烟迷离，乃至于血腥癫狂的特质。

所谓千夫所指，无疾而死。宣姜死于何年，没有记载。对史家道德学家来说，她只是个不淑的无德女子，无足轻重，死了正好，从此人间少一妖姬。

可是宣姜，她不是不淑。她是遇人不淑，薄命如花的女子，一生被人摆布，不能忠于自己。如果她能选择，她会选择怎样的生活呢？谁都不知道，因此也不能断言她不好。

当容光褪尽，她终于能够如愿地死去，无声而寂静地湮灭在风尘中，像坠入深海的流星，不再受到任何流言飞语的侵扰。

好女孩上天堂，坏女孩走四方，宣姜这样的女孩子，其实应该上天堂。

【竹叶坏水色，郎亦坏人心】

——瞻彼淇奥，绿竹猗猗

瞻彼淇奥，绿竹猗猗。有匪君子，如切如磋，如琢如磨。

瑟兮僩兮，赫兮咺兮。有匪君子，终不可谖兮！

瞻彼淇奥，绿竹青青。有匪君子，充耳琇莹，会弁如星。

瑟兮僩兮，赫兮咺兮。有匪君子，终不可谖兮！

瞻彼淇奥，绿竹如箦。有匪君子，如金如锡，如圭如璧。

宽兮绰兮，猗重较兮。善戏谑兮，不为虐兮。

——《卫风·淇奥》

卫国在春秋时十分的不争气，老是被周围的强国欺负，英明神武的君主没几个，荒淫无道的却不少，看起来很窝囊的样子。其实在卫国初创的时候，它的先天条件是很好的，周朝初期，周公旦平定了管叔、蔡叔、霍叔和武庚的叛乱，由于此前的叛乱有商纣王的儿子武庚参与，周公意识到原来商都朝歌附近的地方，不能再交给商纣的遗属统治了。考虑再三，周公将原先的朝歌之地封给自己的弟弟康叔，并且让他统帅着强大的兵力，防止殷遗民再次造反，这就是卫国的来历。

卫国占据着好地方，又有兵力护持，也曾强大过一时，出过些安邦定国的贤才，就像《淇奥》里赞美的卫武公，可惜后来每况愈下，宣公惠公已经够无道，再往下两代更不成样子，出了一个亡国之君——卫懿公。

卫公好鹤是可以和叶公好龙并举的事，叶公还可说是只限于个人爱好，被真龙吓到半死，也只是自己献世；那卫懿公却是好鹤好到荒淫失政，要给仙鹤封官，按品级给俸禄，耍宝耍到朝堂国事上，终致民怨沸腾，被北方的狄人趁机攻破国门，自己也被砍成肉酱。卫国此后一度凋敝不堪，多承世交齐国照应，才勉勉强强维持下来。不知卫文公在穿着粗布衣服，环顾着身边少得可怜的侍卫时，遥想着先祖的风光，心里会怎样的凄凉？

稍微叫人欣慰的是，卫国的国势不强，民歌却非常兴盛，“卫风”在十五国风里大有舍我其谁的架势。这是因为国家政权松散了，士的力量减弱如天黑，民间文化趁机如繁星亮闪。话语权如果被士人把持，民歌是活跃不起来的。“卫风”在《诗经》里声名赫赫，恰如顾盼流光的绝代佳人，粗服乱头不掩国色（邶、鄘两地后来并于卫，因此“邶风”、“鄘风”也都是卫国境内的诗。这样一算，国风里的好诗十之五六尽出于卫）。稍有点文学常识的人都知道“巧笑倩兮，美目盼兮”的话，就是出自《卫风·硕人》。《硕人》是《诗经》中著名的赞美女性的篇章；与之并提的是《淇奥》，著名的赞美男性的篇章。

据《毛诗序》说：“《淇奥》，美武公之德也。有文章，又能听其规谏，以礼自防，故能入相于周，美而作是诗也。”武公是卫国的武和，生于西周末年，曾经担任过周平王(公元前770—前720年)的卿士。他晚年九十多岁了，还是廉洁从政，接受批评和劝谏受到人们的尊敬，人们便用《淇奥》来赞美他。

略去这诗中关于相貌、衣冠的溢美描写：“充耳琇莹，会弁如星。”我更看重它关于男人学识、品质、气度的描述：“如切如磋，如琢如磨”、“如金如锡，如圭如璧”、“宽兮绰兮”、“善戏谑兮，不为虐兮”。

戴着缀满了珠玉的冠冕的男人，衣饰华美相貌堂堂，并不出奇，大不了是宋玉式的美男子，人们也不会花多心思去赞颂他。身份高贵也不一定，很多国君都是口诛笔伐的对象。

中国人深受中庸之道影响，不喜欢个性张扬太锐利的男人，更欣赏不偏不倚、静水深流的人，从古至今，国人心中好男子的标准其实没有大改。男子最吸引人的，不是锋芒毕露，是气度沉稳，处事得体，能够像山一样不动声色，稳重且有担当。如果学识出众，风趣而不尖刻，那就更锦上添花。

绿竹青青的水边，有一个男子，他气度高雅，举止从容，也许在沉思，也许是在会友，和朋友相戏相谑，也许只是一个人弹琴。《淇奥》所吟出的意境让我想起王维，和他那些清雅如月下竹林的田园诗。

独坐幽篁里，弹琴复长啸。

深林人不知，明月来相照。

——王维《竹里馆》

某夜，一定也是王维这样清雅如竹的男人，他心情幽微，只携了一把琴，独坐幽篁里，且弹且吟，心思是广大而深重的，如这碧黑的竹林，天地间有知己也无知己，唯有明月静朗。

这样青青的男子，是坏人心水的，你遇见了他，必定会忍不住心旌摇曳；而他不一定会接受，也许只会漠然相对。因为他是静而广大的，广大到沉默如夜。即使有女子如明月照耀，也不见得被惊动。所以很多年后，当《神雕侠侣》中的林朝英在古墓里弹起《淇奥》时，想起那个和自己旗鼓相当，却不能如三潭印月般相映相亲的男人时，心里一定酸楚难言。

有时候，遇见的人太君子，也不见得是快乐的事。因为他可能思前想后，和你错过。最好他秉性高洁，君子如玉，但也不拘世俗，会耍点流氓手段。

【这次我是真的决定离开】

——氓之蚩蚩，抱布贸丝

氓之蚩蚩，抱布贸丝。匪来贸丝，来即我谋。送子涉淇，至于顿丘。

匪我愆期，子无良媒。将子无怒，秋以为期。

乘彼垝垣，以望复关。不见复关，泣涕涟涟。既见复关，载笑载言。

尔卜尔筮，体无咎言。以尔车来，以我贿迁。

桑之未落，其叶沃若。于嗟鸠兮，无食桑葚。于嗟女兮，无与士耽。

士之耽兮，犹可说也。女之耽兮，不可说也。

桑之落矣，其黄而陨。自我徂尔，三岁食贫。淇水汤汤，渐车帷裳。

女也不爽，士贰其行。士也罔极，二三其德。

三岁为妇，靡室劳矣。夙兴夜寐，靡有朝矣。言既遂矣，至于暴矣。

兄弟不知，咥其笑矣。静言思之，躬自悼矣。

及尔偕老，老使我怨。淇则有岸，隰则有泮。总角之宴，言笑晏晏。

信誓旦旦，不思其反。反是不思，亦已焉哉！

——《卫风·氓》

中国古代文学史上的长篇叙事诗其实不多。细数起来，《孔雀东南飞》当属魁首之作。当然还有与之并称的《木兰辞》，但那与男女之情没多大关系。其实在《孔雀东南飞》出现之前近千年，“卫风”里的《氓》已具这样自诉婚姻悲剧的长诗的雏形了，只是因为《诗经》艰深，年代久远，不为太多人所知。

《氓》是《诗经》里少见的长诗，更是少见的叙事完整的诗，《氓》算是弃妇诗的翘楚。诗中的女主人公以无比沉痛的口气，回忆了恋爱生活的甜蜜，以及婚后被丈夫虐待和遗弃的痛苦经历，读之情真意切，催人泪下。

《氓》诗共六章，每章十句，在《诗经》里算是长的。

开头一、二章，《诗集传》云："赋也。"具体描写男子向女主人公求婚以至结婚的过程。那是在一次集市上，一个男子以买丝为名，来打女子的主意。

"匪来贸丝，来即我谋"的写法极妙，开篇就于回忆中点出了男子狡狯的本质。接着写他们陷入热恋："送子涉淇，至于顿丘。"

男子用多种方式接近，可是这位单纯的、为情遮眼的女子看不透他的狡猾多变、喜怒无常的本质，反而非常诚挚地说："匪我愆期，子无良媒。将子无怒，秋以为期。"不是我不愿意啊，是你必须要请人来说媒，我才能名正言顺嫁你。

最后将婚期订在秋天。其实在这里，那句"将子无怒"不单表现了女子温婉顺从的个性，更非常成功地暗示了男子嬉皮笑脸下隐伏的暴戾性格。

"乘彼垝垣，以望复关。不见复关，泣涕涟涟。既见复关，载笑载言。尔卜尔筮，体无咎言。以尔车来，以我贿迁。"从此以后，女子朝思暮想，望不到男子的车驾，便担心得泪流不止；见到他的车，就像见到所恋之人，不禁眉开眼笑。不时打卦占卜，预测婚事的吉凶，幸而一切顺利。

待到男方派车前来迎娶，她就带着全部的嫁妆嫁过去。方玉润评这一段云："不见则忧，既见则喜，夫情之所不容已者，女殆痴于情者耳。"(《诗经原始》)一个"痴"字，点出了此女钟情之深。

这里的"复关"有多种解释，有说这是男子所住的地方，另有一说，释"复"为返，"关"为近郊所设的关卡，以此代"氓"。可是这样的解释有不小的漏洞在，既然复关为固定的地方，怎么会登墙而望就看不见了呢？接下来的"既见复关"，又作何解？

因此，复关还可以有另外一种解释，即那男子所驾的车驾。他虽然不是富人，但从首句"抱布贸丝"可以估计他是一个经常需要出门经商的小手工业者，也许就是个小商人。正因如此，痴心的女子才会见车如见人。

不知道为什么，我还会将复关联想为男子迎娶女子的车驾，尽管这联系诗文来看并不够准确，但是很容易让我想起那句"思君令人老，轩车何来迟？"——倾心相许的男子，犹如情感上的归宿，迟迟见不到他来，心里自然焦虑不安。待嫁女儿心，从古到今总是这样新鲜迫切又孱弱不安的。

第一次读到《氓》时，就被第二章的"乘彼垝垣，以望复关"一句吸引住了，它让我想起"墙头马上"这个词，那是元代白朴杂剧的名字。原是出自白居易《新乐府·井底引银瓶》，《墙头马上》就是据它改编的。

在《井底引银瓶》里，白居易以女子的口气作了首哀怨深情警辟的诗，比《氓》的语言更生动华丽。无从得知白居易写《井底引银瓶》时有没有借鉴《氓》，但是《井底引银瓶》和《氓》在写法上和女主人公情感的转变上有很多相通相似之处，让人兴起不少比对联想。

白诗中也是写一年轻貌美的女子，“婵娟两鬓秋蝉翼，宛转双蛾远山色。笑随戏伴后园中，此时与君未相识”。按照白朴后来的敷衍，她还成了某官宦大家的千金小姐——戏曲中佳人常用的身份。

身份如何不重要，重要的是她和《氓》中的女子一样，偶然间邂逅了一男子——“妾弄青梅凭短墙，君骑白马傍垂杨。墙头马上遥相顾，一见知君即断肠。”

这么一动心紧跟着一断肠就坏了事。女儿家幽秘安静的心思全被这从天而降的男人搅乱了。可是正如现代人所说，骑白马的不一定是王子，也可能是唐僧；长翅膀的不一定是天使，也可能是鸟人。

她既没那个眼力，又没有那个定力，面对挑逗，坚拒之：“私家花园，请勿践踏。”美貌的女子总是有吸引力的，接下来，男子缠住她不放，可想而知，情在浓时，那是要多深情有多深情，要多眷恋有多眷恋，无数蜜语甜言海誓山盟化成了糖衣炮弹当头猛砸，正常人搁谁也扛不住。

“知君断肠共君语，君指南山松柏树。感君松柏化为心，暗合双鬟逐君去。”——不出所料的，最后陷入情网难以自拔的不是男子，反而是女子。这样一个过程，在《氓》里写得非常清楚：“桑之未落，其叶沃若。于嗟鸠兮，无食桑葚。于嗟女兮，无与士耽。士之耽兮，犹可说也。女之耽兮，不可说也。桑之落矣，其黄而陨。自我徂尔，三岁食贫。淇水汤汤，渐车帷裳。女也不爽，士贰其行。士也罔极，二三其德。”

《诗经》的好处在于道人未道，言人之不及，发人新见。我们多习惯以鸩毒比爱情，把痴情不悔说成是含笑饮鸩酒。而《诗经》里则以桑葚比喻爱情。桑葚是甜的，斑鸠吃多了容易醉；爱情是美好的，人太迷恋则易上当受骗。

至于后面那几句：“于嗟女兮，无与士耽。士之耽兮，犹可说也。女之耽兮，不可说也。”更是鞭辟入里。男人沉溺于爱情犹可解脱。女子一旦堕入爱河，则难以脱身。这是女人纠结的天性所致。这几句话，我一直认为是关于男女之爱的至理名言，甚至是我对《氓》印象深刻的关键所在。

可见这女子受害之深，不是痛彻心扉，血泪的教训，也说不出这番刻骨铭心的道理来。

女子嫁过去的几年间，为男人内外操持忙得心力交瘁，未老先衰，所以色衰爱弛。男人喜新厌旧，渐渐不睦，终至婚姻破裂。

这位女子开始时是在集市上与他一见钟情、私订终身的，后来又乘垝垣相望，显然与礼有悖，终遭丈夫的休弃，受尽亲友讥讽。她对爱情的勇敢追求与礼教产生直接冲突，最终导致了自己进退两难孤立无援的境地。

白居易诗里的女子也一样。她跟随男子到了夫家，自以为是找到终生依靠，追寻到自己要的幸福，不料却因为是私奔而为人所不齿。她的公公婆婆轻贱她："聘则为妻奔是妾！"说得够直白，够伤人，甚至拒绝她参加祭祀活动，说她不配主持祭祀，给祖宗献祭，因为这样不知廉耻的女子祖宗不会喜欢，我们家也不承认有这样的媳妇。

那女子受尽屈辱，却没有胆气说什么，一直在忍，直到忍无可忍。原因正在于，她离了这男子就没有生存的地方和能力——"终知君家不可住，其奈出门无去处。岂无父母在高堂？亦有亲情满故乡。潜来更不通消息，今日悲羞归不得。"

为冲动所误，为礼教所缚，一旦离了男子，便是千夫所指，无疾而死。所以即使这男人再不中用，有了他在人前也好像有了块遮羞布——你毕竟是个有人要的女人，不是没人要的人。亦因为如此，我们可以理解为什么那时的女子宁愿守着一个男人一辈子当怨妇，也不愿被休下堂当弃妇，一旦被休就好像是生死攸关性命相见那样的大事一样。

白诗的开头，女子用比兴的手法说明了自己与丈夫的感情危急到不可挽回的地步——"井底引银瓶，银瓶欲上丝绳绝。石上磨玉簪，玉簪欲成中央折。瓶沉簪折知奈何？似妾今朝与君别。"

接着，女子追忆起当初年少时一见钟情的美好时光。《氓》则把追忆放到了最后，最后一章赋兼比兴，在抒情中叙事，回忆当初他们相恋时，有说有笑；男子则“信誓旦旦”，表示白头偕老。可是他还未老时就背信弃义，决绝地翻脸不认人。这里用了两个比喻，女子说，浩浩汤汤的淇水，总有堤岸；广阔连绵的沼泽，也有边际。言外之意是，我的苦日子怎么就无休无止没有尽头呢？

人同此心，情同此理，每个人都深情地以为自己痛苦得独一无二，自己的经历天下无双。事实上天下的弃妇并不少见。“邶风”里的《日月》，可看作是《氓》的女主角无可奈何呼天抢地对天申诉的心声。《谷风》里勤劳勇敢却因年老色衰而无辜被休弃女主角的悲惨经历也可与《氓》的女主角互鉴互证。

必须要赞的是，《氓》充分运用了赋比兴交替使用的手法，时时注意情与景的结合，它让我们窥见古代集市贸易的一个侧面，又让我们得知古代嫁娶的简单礼俗，婚变，自古有之，难得《氓》撷民风，写民事，客观写实。

也许是有意为之，也许是无心巧合，《氓》将淇水作为背景贯穿全诗。“送子涉淇，至于顿丘”，“淇水汤汤，渐车帷裳”，“淇则有岸，隰则有泮”。同渡一条淇水，随着主人公前后处境的不同，心境是迥然不同的。

此情此景应了那句：“物是人非事事休，欲语泪先流。”大凡先好后坏的境遇总让人有不堪回首之叹。昔日的妙龄少女，今日竟成下堂妇，被一个不堪的男人，一段不堪的婚姻磨折掉的，何止是青春而已，同时被摧毁的，还有对未来的信心。

实事求是地说，在那样一个时代，是很难要求一个平民女子勇敢地站起来，抛开过往，闯出一片新天地的。

但是再艰难，生活总要继续。

《诗集传》云此段"兴也"，其实更准确地说它是比中有兴。这两个比喻，强烈地抒发了一腔怨愤，诉说了弃妇满心的酸楚。

我并不觉得《氓》完全是首弃妇诗。"信誓旦旦，不思其反。反是不思，亦已焉哉！"在二三其德的男子面前，"士贰其行"后，这个妇人不是一味忍气吞声，只知低眉顺眼，也不只是哀伤痛悔，却说"反是不思，亦已焉哉"——既然你变了心，咱们的关系就此结束吧。她决然而去，需要多大的刚烈和坚强。

她果真能做到吗？方玉润认为："虽然口纵言已，心岂能忘？"(《诗经原始》)是的，从这女子一贯重情的性格来看，她在感情上不可能和这男人一刀两断，起码一时三刻绝对做不到。令人欣慰的是，她能够这样认识，已比《诗经》中其他的弃妇强太多。

《氓》是一首感情真挚的诗，自汉代以来，却为学者所不齿，那些经学儒生不在意女子所受的苦，却多以道德规范来观测此诗，认为是"刺淫奔"之作，朱熹甚至说："此淫妇为人所弃，而自叙其事以道其悔恨之意也。"并进一步引申说："士君子立身一败，而万事瓦裂者，何以异此？可不戒哉！"

朱熹的话我看了就有火，这老家伙老是一副道貌岸然的死样子，恨不得全天下女人都顺了他的意。满口“淫妇”长“淫妇”短，哪有一点饱学之士的厚道，好像全天下人都要如他所宣扬的从封建礼教出发，全体树立强烈的节烈观，整齐划一，非此不为，否则就是“淫丧”。真不知道他青春期受了什么重大刺激，思想如此顽固偏激。

还是清人方玉润比较公正，他的《诗经原始》写得也比较实事求是，贴合本意。他评说此诗“为弃妇而作也”，并以之与《古诗为焦仲卿妻作》（即《孔雀东南飞》）相比，认为“此女始终总为情误”，可谓一针见血。

《氓》的悲剧性，今人也不用总结了，再说也不如白居易说得透彻——“为君一日恩，误妾百年身。寄言痴小人家女，慎勿将身轻许人！”

女人解男人，总是一叶障目不见泰山，所见也是皮毛。男人见男人，才窥得到那散落在心肝脾肺肾里点点滴滴的鹤顶红。

【历史文献为证，男女送礼不必平等】

——投我以木瓜，报之以琼琚

投我以木瓜，报之以琼琚。匪报也，永以为好也。

投我以木桃，报之以琼瑶。匪报也，永以为好也。

投我以木李，报之以琼玖。匪报也，永以为好也。

——《卫风·木瓜》

洒家最近减肥减得比较馋，写《诗经》经常下意识想到吃的。写《木瓜》便想到俺老家的宣木瓜果脯，很清甜很滋养。李时珍的《本草纲目》里载："木瓜处处有之。而宣城者为佳。"现在被我老家的企业拿来印在包装上，天然的广告效应。古人的广告语往往言简意赅，切中要害，一个佳字就说明与众不同。恰好这个"佳"字无论是用来夸俺老家的木瓜，还是夸古老的"卫风"里的《木瓜》都挺合适的。

古代的男女交往，其实蛮好玩的。据《周礼·地官·媒氏》载：经常会选在仲春之月，男男女女聚集在一个风光明媚的地方，互相赠送水果或者鲜花，唱唱歌跳跳舞这样搞起来就很像赶集，阵仗很惊人。大家聚在一起举行水果鲜花交换兼相亲party。其景况很类似于现代人经常在一起举办的速配或是相亲大会。我有段时间就很怀疑电视上的速配节目的招是怎么想出来的，后来才晓得原来是出自《诗经》。

至于为什么选在仲春之月就更好玩，仲春大约是古人眼中最繁盛的季节，花草鲜妍，万物滋润，正是天地间阴阳二气调和最好的时候，这个时候年轻男女也容易动情，所以让他们交往，寻找伴侣是合乎自然，秉承天道循环的。这种习俗到现在还有地方保持着，甚至还有地方的人喜欢会在下雨起雾时行男女之事，认为下雨起雾是天地在交媾。这并不完全是无稽之谈，《素女经》里的理论就是这样——“天地相交而生万物，男女交合而生子女。”

说《木瓜》在《诗经》同类描写情人赠答的诗中称得上佳，不是因为它的歌谣演变出一个令后世人耳熟能详的词——投桃报李，不是因为它是今人熟悉的“琼瑶”一词的出处。这首诗的好处单独来看可能还不明显，不过是一小伙子回应姑娘的爱意，乐滋滋地回赠了自己的配玉，表示要和这女孩长久地相好下去。若是将它和《召南·摽有梅》比较一下，就能更细致地感觉出差别。

《摽有梅》是这样的：

摽有梅，其实七兮。求我庶士，迨其吉兮。

摽有梅，其实三兮。求我庶士，迨其今兮。

摽有梅，顷筐塈之。求我庶士，迨其谓之。

在法定的男女约会的好日子，一个女子将自己带的水果抛给她中意的男子，并且大胆直率地唱起情歌。鼓励男生抓住时机，莫要错过好机会——表达自己想被追求的愿望。

女生总是这样的，哪怕是先喜欢上一个男生，也希望反过来是那男生开口来追，这样的话，面子和里子都会得到满足，像诗中的女子，已将情意表露得很明显，却始终在启发自己中意的男子先开口，好比球场禁区已经没有守门员，单等着别人来临门一脚。

正是因为男子主动这种心理定势，所以人们会更偏爱《木瓜》一些。其实把这两首诗放在一起看也是不错的，两者都是以水果起兴；都是在那种集体的约会场所，以歌相赠表达爱意。区别在于《木瓜》是男悦女，《摽有梅》是女悦男。

看《摽有梅》，真替那多情女着急，因为诗的最后也没交代她看中的那个男生有了回应没有。如果妹有情郎无意，多少还是有些遗憾的，毕竟女孩子主动一回挺不容易的。看《木瓜》就很安心，那女子投来水果，很快男子就有了明确热情的回应——“投我以木瓜，报之以琼琚。匪报也，永以为好也。投我以木桃，报之以琼瑶。匪报也，永以为好也。投我以木李，报之以琼玖。匪报也，永以为好也。”

或者干脆不要管地区，就想着，那个扔木瓜的美眉和这个赠玉石的哥哥是一个地方人，在某一天，他们在本地大型的男女集会上相遇了，那美眉我扔我扔我扔扔扔，我启发启发再启发，终于让那位哥哥有动静了。人家定睛一看，这个女孩也不错呢，既然对我有意思，那我不要迟疑了。

于是他解下身上佩玉交给女孩——my girl，我们就立刻开始这段感情吧。

我们都是好人啊。乐见两情相悦，有情人成眷属。一看那男子说"永以为好"就开始乐了——眼看着一段好事就成了。何况这小伙子还是个实诚大方的主。人家送他水果，他回赠人家玉石，很有男女送礼不平等的先进意识啊！值得表扬。

我写到这里，肯定有男生郁闷了，说凭什么呀？你们女生背个水果筐就敢出来约会了，真的找不到合意的人，吃一顿水果野餐也行，全当春游了，约会成本那么低。我们男同胞，最次也得整点"琼瑶"、"琼玖"啥的当回礼，虽说是次等的玉石吧，但那到底也是银子啊！需要强大的资本支持。

这可不能怪我们女生小气太会精打细算了，古代的习俗它就是这样规定滴！女子只需把成熟的果子向她属意的男子抛去，这就是表示求爱。至于那是什么水果官方文件上是没有限制的！我个人的意见是，力气大的自信比较有准头的扔木瓜、桃子，似我这等气力小的又烂手扔东西没啥准头的就扔梅子、李子。不说砸伤了情郎，或者误中他人，就是砸伤了花花草草那也是不好滴嘛。或者一开始扔比较大个的，到后来玩累了，抓起一把就丢，这叫普遍撒网，重点培养。

《木瓜》这首诗真是妙不可言哪！它不单向我们展现了古代人约会的风情画面，还教会我们要懂得礼尚往来投桃报李。最最最最重要的，有此历史文献作证，能从根本上极大地维护女性利益。那就是，如果你送给男朋友一个飞利浦剃须刀，他起码要还你一瓶三宅一生。

作为债主要理直气壮。没听《木瓜》里怎么唱的么——“匪报也，永以为好也。”翻译成现代语就是，这点小意思怎么够表达我对你的爱意呢，只是表达我想要同你交往的愿望罢了。

强烈建议将《木瓜》广为传诵。强烈提倡现代男士学习古人的觉悟。

【你看，你看，从前的脸】

——彼黍离离，彼稷之苗

彼黍离离，彼稷之苗。行迈靡靡，中心摇摇。

知我者谓我心忧，不知我者谓我何求。悠悠苍天！此何人哉？

彼黍离离，彼稷之穗。行迈靡靡，中心如醉。

知我者谓我心忧，不知我者谓我何求。悠悠苍天！此何人哉？

彼黍离离，彼稷之实。行迈靡靡，中心如噎。

知我者谓我心忧，不知我者谓我何求。悠悠苍天！此何人哉？

——《王风·黍离》

《天下无贼》里黎叔很忧郁地看着王薄说一句："知我者谓我心忧，不知我者谓我何求。"看得人会心一笑。此时的黎叔并不像是江湖人物，而更像是个饱经忧患的文士。

基本上我是把黎叔看作一个文化人的，无论是"人心散了，队伍不好带了"，还是"我本将心照明月，奈何明月照沟渠"。黎叔的正职是小偷，身上却总能时不时晃出些中国文人的影子。这点悖论就像谁都知道冯小刚是商业片的导演，但谁也不能阻止他时不时地露出点文化的尾巴，无可否认心里那点小痒处还被他用狐狸尾巴挠得挺到位，这是他的才气。

“知我者谓我心忧，不知我者谓我何求。”这句著名的感慨出自《诗经·王风·黍离》。大约是在东周初年，平王东迁不久，朝中一位大夫行役至西周都城镐京（陕西西安），即所谓宗周。他追望着往昔的兴盛，满目所见，皆是荒凉。昔日巍峨的城阙宫殿，旧时繁盛的王都都消失了。废墟上只有一片郁茂的黍苗肆意生长，也许偶尔天空还传来一两声孤雁的哀鸣。在某个夏天的白日，当已不灼烈的光线散落在暗淡大地上，一如散碎在地被践踏的王权，曾经高高在上，而今没入尘埃。

周失其鼎，群雄逐鹿——末世疮痍瞬间击垮了一位内心庄重的大夫，他不禁悲从中来，涕泪满襟。

《史记·宋微子世家》载："箕子朝周，过故殷墟，感宫室毁坏，生禾黍，箕子伤之……乃作《麦秀》之诗以歌咏之……殷民闻之，皆为流涕。"《麦秀歌》虽始载于《史记》，微子伤殷却在西周初年。《麦秀歌》的内容，《黍离》的作者不可能不知道。

西周的灭亡，是因为周幽王姬宫涅先生的荒淫残暴，致使犬戎攻破镐京，周朝国祚倾颓，这情景和商纣王荒淫失国，被武王消灭何其相似呢？此诗特意以“彼黍离离”点染颓败景象，不仅见出朝代更迭、世事变迁之速，更大有“殷鉴不远”的意味。

此后的千百年中，故宫禾黍就成为亡国之思的代名词，从不竭止地出现在诗文辞赋中。

禾黍成长的过程颇有象征意味，当“稷苗”已成“稷穗”和“稷实”，与此相随的是诗人的情绪从“中心摇摇”到“如醉”、“如噎”的深化。而每章后半部分的感叹和呼号虽然在形式上完全一样，一次一次反复地吟唱加深了悲凉沉郁。

我最初喜欢《黍离》的原因倒不是因为忧患之思。那太远了，我等正身处太平之世的人是很难懂得什么是真正的忧患的。是我的好姐妹匡小姐让我不由自主地亲近这首诗。匡小姐的大名很有古意，大多人见到她名字的时候都会眼前一亮，脱口而出：“哦！‘离离原上草’那个离离！”简直连一点歧义都没有，不免让这丫头狠狠得意之后再狠狠郁闷——被她老爸和白居易两位老人家联手剥夺了创意。

我也不能免俗，初识她的时候也这样反应，毕竟白居易妇孺皆知，号召力太强。不过后来读到《诗经》，读到“彼黍离离，彼稷之苗”，我赶着去告诉她，恭喜你啊匡小姐，你的大名在《诗经》里出现了——依然是茂盛的意思，不过这次不是草，而是黍。

东周大夫的心突然承载了历史的兴衰王朝的忧患，他觉得他看见了，并且有必要去呼吁，他有心挽救，可惜心有余而力不足。

一切正应了那句：“知我者谓我心忧，不知我者谓我何求。”

《诗经》里的忧国者之歌，除了《王风·黍离》，还有《魏风·园有桃》，这位贤人面对混乱的朝政，国势式微，满心忧虑却无计可施。

他感时伤逝，比众人更早预见到危机，自身却拙于应对，不能见容与众人，满心忧虑却被人误以为是狂傲。他意欲评点时政，政见却不能为执政者所容。和东周的大夫一样，他也有“心之忧矣，我歌且谣。不知我者，谓我士也骄”、“不知我者，谓我士也罔极”之叹。

他们一样大有“举世皆浊我独清，众人皆醉我独醒”的孤独感，可是当岁月决意远走，历史沉沉下坠，像一座山在头顶崩塌，一个人，一双手，如何挽得住决然的倾颓？所以一个人的忧患，也只能是忧患吧。

杞人忧天遭人耻笑，可是杞人并没有错，天是会塌的，星月消殒，人们活不到那么久，人的生命短得只能看见一个个国度一个个王朝一天一天，日升月落般来去不停。即使是这样，人也不能停止忧虑。

那古诗里唱道：“人生不满百，长怀千岁忧。”

那些埋没在历史中的陌生面孔，那些不注意听就可能消失不闻的歌声，消隐在黍离凄凄摇晃的影子里，湮没在故宫日暮的鸦叫声中。

盛世胜天堂，即使是人人张口就来“故国不堪回首月明中”，也难解其意，人们习惯性地用暂时的繁华富丽去掩饰必然到来的衰败。唯有当乱世来临，末日的凄惶才会唤醒心中深藏的忧患。我们是放肆无所畏惧的孩童。唯有狠狠地受伤了，才想起回家，唯有无助时，心才肯顺服地走回前生，与前人合二为一。

现在，每个人的忧患都那么切身现实，是将自己置于必须去做的位置上。像寂寥清晨在操场上闷头跑步的少年，只是在做属于自己的，实在事情。按照自己的意志坚定行走，比站在废墟上感慨更让人心许。

"知我者谓我心忧，不知我者谓我何求。"——原是这样恳切直白的问天，自问。一个清醒者，他面对一些不能与自己思想同步的人，即使不被理解，忧愤难安，然而心地沉稳，已有答案，不需要勉强别人去认同。

在后世，李白说"弃我去者，昨日之日不可留，乱我心者，今日之日多烦忧"，其实是一样的心思。大凡聪明人，选择既多，就免不了心乱。别人走乡间小路安然到家，你却要进入原始森林，自然要比别人花费更大的心力才能从中分辨出路径。

清醒是一个人的破茧而出。它不需要应和。

《黍离》在我心里更像是这样一幅图景：离离是茂盛郁茂的黍苗，迎着光，在风里肆意地生长，生命如果归原，应该丰盛如此。那个千年前面对着黍苗孑然而立的大夫，他也不要再满脸沧桑，不要再凄凉。拥有一颗坚定而透彻的心，这是两千年后的人。

【昙花飞落，一念千年】

——君子于役，不知其期

君子于役，不知其期。曷至哉？

鸡栖于埘，日之夕矣，羊牛下来。君子于役，如之何勿思！

君子于役，不日不月，曷其有佸？

鸡栖于桀，日之夕矣，羊牛下括。君子于役，苟无饥渴！

——《王风·君子于役》

她在日影衔山时，赶着牛羊从山上下来，又将鸡赶回圈里。生活是这样平静。如果她没有回头，对着村外远山凝望，喃喃说出那句“君子于役，不知其期。曷至哉？”——我的丈夫去行役，不知何日是归期，几时才能归故里？

似吟似唱，似有若无地泄露了她的思念苦楚。丈夫在外服役啊，叫人如何不挂念——“君子于役，如之何勿思！”

李白诗：“蚕饥妾欲去，五马莫流连。”那饲蚕的美人心有担当，有斤两。《君子于役》里的美人亦如此。丈夫不在家，她要担负整个家庭，鸡牛羊也仿佛是自家的孩子需要照顾，饶是这样繁忙仍对丈夫惦念不止，亦是这样沉着而有斤两。

思情若是像杜丽娘柳梦梅那般，纵是生死不悔也只能拿来做话本艳情小说看，赞叹一声旖旎便丢开手。故事一旦精美得像镂刻的花，便只能供装饰消遣。似这乡间女子这样，无一语刻意浪漫无一事惺惺作态，日出而作，日落而息，诚恳安稳地度日，却叫人不得不说她漂亮如真花，芬芳摇曳。

诗中“君子于役”的“役”，不能确指是什么事。大多数情况下是指去边地戍防。“君子”在当时统指贵族阶层的人物，但诗中“君子”的家中养着鸡和牛羊之类，显然地位又不是特别高，大概只是一位武士。

说起“贵族”，现在感觉好像很牛气似的，其实先秦时代下层贵族的生活，并不比后世普通农民好到哪里去。

《君子于役》是一首写妻子怀念远出服役的丈夫的诗，题材并不新鲜，却又与一般的思妇诗绝不雷同。《诗经》里的思妇诗或是从女子角度入笔，遥想丈夫在外的艰辛，或是从男子角度入笔，幻想闺中人此际是如何牵记自己。

《君子于役》打破这种成例，别有一段天然姿态。它起首破题之后，就先描写了夕阳西下的乡村景色。不像后代的文人辞章总是想刻画得深入、警醒，习惯举轻若重，着意将一份思念写到一叶惊秋的地步。《君子于役》反其道而行之，故意举重若轻。这是我一直喜欢这诗的原因。它那么淡然，那么深重。

初中的时候学到这首诗，是学得最早的启蒙篇章之一。我偏爱它，因它诗意准确，没有那么多似是而非的深刻解读。一个人若没有负担就清朗，一首诗若没有负担就清亮。虽然是很多年前学的诗，可依然能记得诗意，轻松回忆起诗中的画面，展现出的意境。

好像能看到那妇人凝视着鸡儿、牛儿、羊儿，凝视着村落外蜿蜒延伸、通向远方的道路，这么多年过去了，她仿佛还在那里，她一直在感动我们。

她怀念亲人的深挚感情宛如一股清澈见底的溪水，曲折蜿蜒地流淌着，千年不涸。她的思念，用日常的风月加以映衬，再用“不知其期”、“不日不月”、“曷至哉”、“曷其有佸”、“如之何勿思”、“苟无饥渴”——这些传神之笔来点破深化，愈加显得她思情绵邈，心似莲花艳。

此时我在丽江乡下，此时正当黄昏，窗外一泓深静湖水，渐渐溶于暮色之中，群山静默。院里有人声狗吠和鸡鸣，熟悉农村生活的人经常看到这样的晚景。白日的劳作是辛苦的，但黄昏来临之际，一切即归于平和、安谧和恬美。牛羊家禽回到圈栏，炊烟袅袅升起，灯火温暖跳动，归家之后喝口水，吃碗饭，和妻儿聊几句闲话，有邻人捧着饭碗来串门……

这些画面本身就有自然隽永的情味，天然的妙趣。在这种温暖中，突然一个女子悠悠叹息，淡淡一句“君子于役，如之何勿思”，分明能感受到她的愁思有多浓重。

诗文是这样的，若节奏太快，没有铺陈，显不出山水起伏，抒情效果就出不来;像一个人太着急说话,反而不能从容表达,或者急巴巴说得寡淡无味不能叫人印象深刻。假如把中间“鸡栖于埘,日之夕矣,羊牛下来”三句抽掉,将最后两句直接续继在“曷至哉”之后,感觉会没有这么自然、从容。思妇的思念也就不能舒展。在劳作的间隙仍压抑不住流露出来的思念,是非常具有冲击力的。

黄昏,常给人一种压抑,无法释放的通感。昏沉的暮色最易引得旅人愁绪万端。可是对于农人来说,却是一天中最温暖最放松的时刻。一家人从畈田地头上归来,围拢在一张桌子上吃饭,抽抽水烟,闲话家常,这是非常温馨的时刻。可是在这时候,诗里那位女子的丈夫犹在远方。在倦鸟归巢的一刻,她生活中的缺失的部分也分外明显,别人合家欢聚,她却倚门而立,怅惘地期待着。

等待亲人归来,最令人心焦的就是这种归期不定的情形,好像每天都有希望,结果每天都是失望。如果只是外出时间长但归期是确定的,反而不会这么煎熬。正是在这样的心理中,诗中的她带着叹息地问出了“曷至哉”——你到底什么时候才能回来呢?

而当此时,服役在外的男子又作何想呢?“王风”里有一首《扬之水》可以互证。《扬之水》中的戍卒因被派往国外驻守不能归家,思念妻室,所作诗曰:

扬之水,不流束薪。彼其之子,不与我戍申。怀哉怀哉,曷月予还归哉?

扬之水，不流束楚。彼其之子，不与我戍甫。怀哉怀哉，曷月予还归哉？

扬之水，不流束蒲。彼其之子，不与我戍许。怀哉怀哉，曷月予还归哉？

《君子于役》是一首很朴素的诗。两章相重，只有很少的变化。这诗的两章几乎完全是重复的，这是民歌最常用的手段。但第二章的末句，也就是全诗的末句，却是变化了的。它把妻子的盼待转变为对丈夫的牵挂和祝愿：不能归来也就罢了，但愿他在外不要忍饥受渴吧。这是最平常的话，其中包含的感情却又是那样深和挚。

这古老的歌谣，它以不加修饰的语言直触了人心中最柔软易感的部位：即使你不在我身边，我也要你一切都好。若一日，我懂得这样想你，才是真的思念。

不要小看这诗里的思妇与黄昏。“诗中有画，画中有诗”的表述实在有天然之妙。《君子于役》选择日暮的景象加以描绘，与思妇怀人的感伤心情交互映衬。这种薄暮思归的意境是有独创性和开创性的，在后世无数诗词、戏文、小说里无数次地被提炼再现。

昨夜读宋词，见柳永断鸿声里立尽斜阳，不由在这悲伤中徘徊不去，他终生迷恋，一遍遍倾心演绎。

独立黄昏，斯人憔悴，思念如昙花般惊艳，开始的开始，是从一个女人叹息声中飞落。

【世间安得双全法，不负如来不负卿】

——大车槛槛，毳衣如菼

大车槛槛，毳衣如菼。岂不尔思？畏子不敢。

大车哼哼，毳衣如璊。岂不尔思？畏子不奔。

穀则异室，死则同穴。谓予不信，有如皦日。

——《王风·大车》

【上】

如果二十一世纪，某一位超级强国的元首，为了哄一个女人高兴，竟发布恐怖分子来袭的警报，把全国搞了个人仰马翻，恐怕打死你也不会相信。但是在中国的历史上，类似的事情却真的出现过。

烽火戏诸侯是一件非常戏剧的事，荒唐到摆在中国数千年的历史上也独一无二。外国恐怕只有《荷马史诗》里的特洛伊之战堪与之比拟。——不管怎么说，我觉得为一个女人打了十年仗也够戏剧的，只是没有中国这一幕这么荒唐罢了！

话说自打周王朝第十二任国王周幽王姬宫涅先生烽火戏诸侯

闯下滔天大祸，玩丢了自己老命之外，更使镐京（陕西西安）被犬戎部落的野蛮人烧杀抢掠，千万小民死亡，巨城化为废墟，平王只好把中央政府东迁到洛阳，由一个全国统一的王朝，降格成普通的王国。

周王朝失去了原来的宗主地位，对诸侯国非但无力控制，而且常常受到强大诸侯国的欺凌，领土日见削减，简直是威严扫地。但是在春秋初期，周王朝还不免要摆出一副天子的架势，对所谓“无礼”的诸侯国进行征伐，可悲的是，每每被诸侯国整得灰头土脸可怜兮兮。

王，是“王畿”的简称，即东周王朝的直接统治区，大致包括今河南的洛阳、偃师、巩县、温县、沁阳、济源、孟津一带地方。“王风”就是这个区域的民歌。说起来“王风”与“周南”来源地部分相同，但它们的曲调是不同的。编入“王风”的是东周王畿的土乐，编入“周南”的则是受“南音”影响的外来乐。

因为东周王朝前期征伐频繁，又加上大贵族集中，生活奢侈，所以不得不加重对自己统治区人民的压迫和剥削。在沉重的兵役、劳役、经济负担之下，造成不少社会问题，有大量旷夫怨女和流浪汉，人民感到生活水平一天天下降，大大不如东迁以前了。“王风”的十首诗：《黍离》、《君子于役》、《君子阳阳》、《扬之水》、《中谷有蓷》、《兔爰》、《葛藟》、《采葛》、《大车》、《丘中有麻》，大部分都是反映人民的痛苦和不满的。

艺术和政治不同，人民的痛苦和怨恨会推翻政权、影响政治，却不会推翻艺术,反而会使艺术的表现力更为茁壮强大。悲伤和愤怒往往不会削减文学本身的力量,反而会加深加重。“王风”里有国忧,有离思,有游恨,有弃怨,有一日不见如三月兮的思念,有生不同室死同穴的凄绝相许,留给后来人的是迥异于孱弱东周的风貌。

当初读到《大车》时,很有如故人归的感觉。“生不同室,死亦同穴”这八个字,虽然现代人不再习惯挂在嘴边,甚至连表示出来的时候也少,但是在内心深处,人们还是认同并渴慕这种情感方式的。

两千多年前,也许就是在东周的王都洛阳,一个女子爱上了一个地位不低的贵族男子。街道上,一辆牛车从远处槛槛而来,女主人公朝思暮想的贵族男子就坐在车上。

有人会说了,坐牛车是很寒碜的事情啊,你怎么还能说他身份不低呢? 坐牛车的是农民,这是错误的观念。当真说起来,现在恐怕连农民也不坐牛车了,开的车一点不比城里人差。

在春秋时期,一切要依从《周礼》,什么人出行穿什么衣服坐什么车,用几匹马来拉都是有严格的规定的。

如果全按《周礼》那一套来,生活简直和登台演出没什么两样,麻烦透顶。照周公姬旦那一套条条框框,够得上坐牛车待遇的,身份已经不低,起码是士卿大夫之流。当时的生产力何其低下啊! 再说坐牛车除了减震系统不好之外,其实还是蛮潇洒的。不要说春秋战国那种生产力相对还很低下的年代,就是到了后来的魏晋时期,南北朝的才子们还是很喜欢搞个牛车坐坐,有事没事出来show一下的。

让我们接着说两千多年前发生在洛阳附近的这场恋爱。彼时他坐在车上，穿着绣纹精美的冠服。她在车外低低地仰望他的容光——他看起来眉目清朗气宇不凡，他身着士大夫之服，像初生的荻苇一样挺拔鲜亮。

她看着他，心里百感交集，我怎么能不思念你呢，我的爱人？但我知道你不能也不敢为了我而去触犯礼教规矩啊！

牛车沉重而迟缓地经过姑娘身旁，步步像碾在她心上。想来他也心有留恋而未忍即刻离去吧，是相见太难而想多看心上人一眼吧！

可惜，终究是要离去的，就如女子预料的那样，男子顾及自己的身份，他所受的教育，不许他像一个平民百姓那样行事无忌，举止行为要恪守礼教。

男子身上的冠服像红色的美玉一样鲜艳，看着他风华正茂气宇轩昂，姑娘心里既欣喜又凄伤。她知道，他和她之间确实曾经相爱，直到现在还依然深爱对方。分开，不是不再相爱。而是认清了不能再这样继续没结果地爱下去。趁心口还有余温时放手，纵然此际眼中衔泪，心中不舍，也比逼到最后反目成仇要好。

我怎么能不思念你呢，我的爱人？但我比谁都清楚你是不会为了我，放弃你现在拥有的一切的，你不会忤逆君上，你不能离开家庭，背弃父母，抛兄别弟，与我远走高飞。与你厮守，诚然是我的心愿。但我又何尝不知道你是怎样的人？你稳重，你守礼，你是翩翩君子，你的思想和你衣服颜色一样明洁。

你对国事，对父母兄弟的，对未来的炽热之心如你的衣服一样赤红明艳。

一起私奔，远走他乡，到一个没有任何人任何事可以禁锢自由的地方去。

逃离，对某些人来说未尝不是破釜沉舟的好办法，但是你不会这么做。我是了解的！因为太理解而不能强求你，你有太多未完成的理想，爱情只是其中之一，而我，亦只是其中之一。因为我爱你，所以要陪你牺牲，要为你牺牲。

我可以转身就走的，放下了你这感情包袱，或者反而相信爱。可是我放不下你，因为懂得你背负太多，不忍你孤独，甘愿同你一起承担。

我听我同乡的男子唱过这样一首歌，现在我唱给你听——彼采葛兮，一日不见，如三月兮！彼采萧兮，一日不见，如三秋兮！彼采艾兮，一日不见，如三岁兮！

在没有见到你的时候，我也是这样一日不见如隔三秋地想念着。这种全心全意的思念，我知你不会，因为你不够时间来做这样的事，也庆幸你不必领会这种焦灼和无助。用情少的人，告别离席时会比较轻松。我希望你可以自在地转身。

从现在开始，不要回头，我不想我的记忆里有你离开的背影。

你不用难过，也不必抱歉，我早知与你分手是无法改变的，只是想告诉你，我是可以为你做任何事的。爱，是我一个人的事情。

我指日为誓，今生活着的时候，我们不能结为夫妻同居一室，死后我愿意跟你合葬在一个墓穴里。日后，当你对我的话有怀疑时，就请你抬头看看天上不会消逝的太阳吧。

……

【下】

又是与日同辉的誓言。我感慨于古人的天真和执着，他们像刚被孵化的鸟儿一样，不会担忧前途，对爱的坚定就像相信鸟儿自己有飞的能力一样毫不怀疑。

而我们，像翅膀退化的鸟，只能站在地上仰望天空，仰望再也无法坚定的心愿。心中飘荡起落的，是属于别人的感动。

当大车载着心上人渐行渐远的时候，姑娘的心中充满了惆怅。

爱情远去了，再也回不来。只剩下这首《大车》，幸好还有这首凄婉欲绝的歌，证明她和他曾经遇见。

只是，曾经得到，是否就该满足感激？

相信那男子也是带着惨伤决绝的心情离去的。在牛车上想起过往的一切。他清楚自己是自私而实际的人，为了现实的一切忍心弃绝了她。但那伤痛也只有自己知道。他如同当胸被刺一刀却只能闷头走路的人。

“穀则异室，死则同穴。”她的誓言使他心酸，心下清楚也许连这样的要求都无法应承她，所以只有一言不发，转身离开。她做不成他的妻子，又不是他的姬妾，更不是他的奴仆，即使她肯为他徇情，死后也不能同他合葬。死后，恐怕也要放她一个人孤单。

原谅我，空有相怜意，却无相怜计。

这就是现实的逼压。他不是幽王，有至高无上的权力可以为所欲为。他的权力还不够大，所以反过来被权力控制。他知道自己是个丧失了自我，毫无个性的人。可是没办法，自小受到礼教的熏陶，他从里到外，已经彻底地被它驯服，像肖申克监狱里的一些犯人，早已习惯了在这监狱里面亦步亦趋，遵循制度生活的人，如果放出去，反而无所适从。

我突然想起了“世间安得双全法，不负如来不负卿”这句话，觉得这男子并不是不可原谅的。爱别离，求不得，有很多事，不是我们不去尽力争取，而是根本，无能为力。

所以更喜欢那句被篡改过的泰戈尔的名言——尘世间最遥远的距离，不是我站在你面前，你却不知道我爱你，而是明明相爱，却不能够在一起。——这样绝望更彻底更刻骨铭心。

有太多人，不是那种为爱奋不顾身的人。有太多人，即使想做生死相许的人也做不来。事实上，真正做到“穀则异室，死则同穴”的好像也不多。梁山伯和祝英台之所以能够传诵千古，正是因为他们所作所为，达到了神话的境界——爱如死之坚强。

《大车》这首诗，我解为女子对男子表达忠贞的爱意，但也有一说是一个身份卑微的赶大车穷小子对心仪的女子表示爱意。这样的说法也不是不通，所以特备一说，以备察考。如果这是男子对女子的爱情誓言，那可就大事不妙！按常理来推论，这么大的糖衣炮弹，女人多半抗拒不了！果然一时冲动"感君松柏化为心，暗合双鬟逐君去"，爱情能维持多久说不准，私奔却一定是刀切香蕉——果断。

女人，坏就坏在耳根子软。若是换了男人，实际得多。你对我有如此强烈的好感吗，那么付诸行动，come on！Baby!让我们先用身体证明诚意吧。

【流言飞语，人性中无法拔除的剧毒】

——将仲子兮，无踰我里，无折我树杞

将仲子兮，无踰我里，无折我树杞。

岂敢爱之？畏我父母。仲可怀也，父母之言，亦可畏也。

将仲子兮，无踰我墙，无折我树桑。

岂敢爱之？畏我诸兄。仲可怀也，诸兄之言，亦可畏也。

将仲子兮，无踰我园，无折我树檀。

岂敢爱之？畏人之多言。仲可怀也，人之多言，亦可畏也。

——《郑风·将仲子》

"郑风"的《将仲子》，是《诗经》里我最爱的篇章之一。其实这篇既不哀婉也不缠绵，更不壮烈。它只是在重复地，重复吟唱着一种无奈，重复着看似平淡的四个字"人言可畏"。

总不免想起阮玲玉，她最后留在世间的书札上，最触目惊心的四个字——人言可畏。人生到最后似一片白茫茫大地真干净，这四个字却是雪地上的红梅，刺人眼目。看起来美不胜收，实际上那艳丽，乃双目被刺盲后流出的血泪。

流言如罂粟，在流者口中灿烂如花，妖娆动人，传播者会有一种吸毒上瘾似的快意。转到受者处,却自是杀人不见血的阴冷毒辣。其实何止是阮玲玉,丧于这四字之手的人已数不胜数。

再远一点的唐朝,是关盼盼在燕子楼上。她因为旁人的闲话,议论她夫死不殉是不节也,羞愤之下绝食而死。我在徽州时,看见如许高耸的贞节忠烈的牌坊,总是脊背寒凉,心知树起它们的并非石匠,而是旧时自认道德完备的卫道者和愚昧跟从的大众;使之坚固的也非石料,而是口耳相传的流言。念及,纵然周遭风景如诗如画也无意多留。我不愿来检阅别人的伤痛。

先秦时代的男女交往,大约经历了由防范相对宽松到逐渐森严的变化过程。周礼虽繁琐到让人发蒙的地步,底子还是人性的温暖。《周礼·地官·媒氏》称:"仲春之月,令会男女,于是时也,奔者不禁。"

在周代,《周礼》特地为男女青年的恋爱、婚配,保留了特定季令的选择自由。一过"仲春",再要私相交往,则要被斥为"淫奔"了。这样的规定,大概跟那时的生产力文化种种不发达有关,人还因循保留了某些兽类本能。

到了春秋战国之际,男女之防就严格多了。《孟子·滕文公下》说:"不待父母之命,媒妁之言,钻穴隙相窥,逾墙相从,则父母、国人皆贱之。"连"钻穴隙"那么小小偷看一下,都要遭人贱骂,看来,帅哥宋玉所言的邻女登墙窥他老人家三年的美好时代算是彻底一去不返了。

郑地是先秦时有名的"淫奔"之地,可这个女子已经有了人言可畏的顾虑,可见社会舆论已到了可以杀人的地步。

相爱，却错过了日映荷花的好时节，于是变成了暗地里难见天日的苦恋。“畏我父母”，“畏我诸兄”，“畏人之多言”，若说《东方之日》里的齐女是率性可爱的，《将仲子》里的郑女就是楚楚可怜的。

她个性温柔谨慎，恳求着自己的情人——你不要莽撞地去翻越村社的围墙，不要去攀里巷，不要想着爬过我家的墙，我不是爱惜这些树啊，更不是不愿和你相见，我只是担心这样做会惊动了我的父母兄弟，让隔壁邻居知道。他们对我们的行为进行谴责的话，你和我在一起的可能就更小了。

我相信《将仲子》不是什么刺谁不刺谁的诗，它是一个热恋中的少女唱给情人的诗，有缱绻蛰伏的爱意和对未来的隐忧。据《周礼·地官·媒氏》载：男女结合，必须通过媒妁之言，父母之命，才能正式结婚。我想，诗中的女子和男子应该有点富家女子贫贱男的味道，女子生性温柔谨慎，顾虑重重，男人却是光脚不怕穿鞋的，一时爱情冲昏了头就要一往无前。

小时候觉得恋爱大过天，大了渐渐才明白：爱是一个人的事情，相爱却是两个人的事情，婚姻更是牵涉到一堆人是否和睦相处的事情，不是小孩子过家家，好就好，不好了各回各家、各找各妈。

因为读出她的谨慎，所以相信诗中的女子是诚恳地付出了真感情的，因为她已经在为未来打算，对仲子这样的相求，不是婉言谢绝，而是邀请：请你，和我一起努力来获得我身边人的认可，请你和我一起来小心呵护我们的感情。

人言滔滔，无法抗辩，人言历来是可畏的，所谓三人成虎，众口铄金。当众人的口舌都指向你，饶你是金刚不坏之身也难逃一劫。

因为懂得，所以敬畏。

孟子比孔子务实，他对后人说："天将降大任于斯人也，必先苦其心志，饿其体肤，空乏其身，行拂乱其所为，增益其所不能。"

我想得有点多，大丈夫既然富贵不能淫，贫贱不能移，威武不能屈，不被功名富贵所扰，不为贫贱清寒焦虑，不受强权恶势的逼迫。如果为人清正如湖心月，外事外物皆不能动摇。那么亚圣所谓苦其心志的苦又从何而来？百折不挠的心志又是如何被锻炼出来的？

然后我在想，圣人未提流言，就像佛不戒烦恼，孟子当比一般人更明白人言的威力。中国人的观念很奇怪，大凡一个人出身低微，人们总要鼓励他，英雄不问出处，你要寒窗苦读懂得上进啊，难道想一辈子吃糠咽菜住茅屋吗？

但若一个寒苦人真想努力发奋，他所受的质疑同样是很大的，人们通常会认为他不自量力不安分守己，讥笑他心比天高命比纸薄。苏秦相六国之前，在家人跟前受的屈辱就够让后来人凛然心惊。

一家人尚且如此，外人如何冷眼看待自是不言而喻的了。还有个著名的例子是韩信。韩信成名前靠女人供养，落魄到街上的小混混都不相信他会有出息，都敢让他从胯下穿过去。韩信忍是忍下了，也被人言击得不堪，心灰意冷之下躲到大泽里去不见人，要不是被生命中重要的人鼓励，这一辈子怕也是废了。

【人性中无法拔除的剧毒】

【流言飞语】

一个人，尤其是一个男人在功成名就之前，他所需要面对的最大痛苦不是身体的疾病，不是经济的窘迫，而是周遭人的口舌翻覆，对其才能的质疑动摇。这种质疑比现实的失败更让人灰心胆怯。

《西游记》里写太上老君有极厉害的八卦炉和三昧真火，把个猴儿投在里面炼。七七四十九日，孙猴子固然没被烧死，却也熏成了烟熏眼，得了个见风流泪的毛病。齐天大圣尚且如此，何况凡人？八卦炉是个灵物也不过死物一个，童子打瞌睡不扇风火就灭了。人的嘴却比八卦炉厉害百倍不止，盖因此八卦是以人心做火，以人言做柴，生生不灭，万年不熄。你不信么，三皇五帝到如今，有谁躲得开流言的纷扰？

尧舜大贤，孔孟亲自上阵定案，儒家子弟百般粉饰，犹不免被人盘出老底："尧幽囚，舜野死。"寻常人哪里敌得过蜚短流长。

人言如炉，男人熬过来了，便是雍正官窑；女人熬过来了，也是壁挂的干花、药罐的药渣。旁人看着倒惊异，已经油枯灯尽怎么还敢赖着不死？好吧，那再看看你有什么花样。熬不过来的，就要以性命相赔了。

从关盼盼到阮玲玉，女人往往越是美貌引人注目越是受伤惨重。不能说她们不够坚强，只能说人言太毒，而人又不是每时每刻都戴着防毒面具出来行走江湖，更不是每个人都是金刚不坏之身。

被流言摧毁的大多是良善者，你知道，人始终是嗜血动物。

【与君有约，风雨不改】

——风雨凄凄，鸡鸣喈喈

风雨凄凄，鸡鸣喈喈。既见君子，云胡不夷。

风雨潇潇，鸡鸣胶胶。既见君子，云胡不瘳。

风雨如晦，鸡鸣不已。既见君子，云胡不喜。

——《郑风·风雨》

与诗词的邂逅，要相信内在有一种灵韵策动。不必心急，像某日晨起看见窗前水仙花已开，清香扑鼻，满心自如和惊喜。这样的感觉是最舒服的，倘若你着急去读懂它、钻研它，文字就像被攀折的花一样美感渐失。

我对《郑风·风雨》的印象，是看《神雕侠侣》时无意间留下的。程瑛救了受重伤的杨过，却不以真面目示人。杨过醒来，看见程瑛在纸上反复写着一句话："既见君子，云胡不喜。"——既已见到意中人，心中怎能不欢喜？以杨过的聪明，一见之下已明程瑛的心思。

我很是喜欢程瑛的从容，言语稳重，隐带娇羞，也爱这样充沛的情感表达，端然可亲。后来读《诗经》，《召南·草虫》里有"未见君子，我心伤悲。亦既见止，亦既觏止，我心则夷"之语，同是表达女子不见所爱的凄惶以及得见所爱之后的愉悦顺服。

读罢"诗三百"，犹觉得"郑风"里最深情两句是"既见君子，云胡不喜"，有一种欲言又止，眼波难定惹人猜的韵致。

窗外天色昏暗，鸡儿不住啼叫，在风雨即将到来的时候，等待的人心里是惴惴不安的：这样的天气，他会不会如约前来呢？你仿佛看得见，她倚门而立，蹙眉遥望。她等待的那个人，应是润物细无声的温雅君子。

这诗中"风雨如晦"的意境很为王国维所赞赏。风雨如晦，它并不是真晦，只是阴惨得显得凄凉而已。"风雨凄凄"、"风雨潇潇"都是这个意思。四乡如墨，一灯如豆，这时才显出"晦"的影响之大。鸡鸣不已，天色越来越暗。你的心情也变得焦急——他终是来了，未负初约，踏雨而来，青衫不湿。这样有信的男子，即使是风雨如晦看不清楚面目的时候，露出的风仪也令人心折。

有道是"最难风雨故人来"，此时来的的又是令人心仪的君子，无怪那女子欢欣雀跃，低低吟唱："既见君子，云胡不喜。"他如透过云层到来的光线，将原先因天气阴霾带来的压抑感一扫而空。

想起白居易的《问刘十九》中有一句："晚来天欲雪，能饮一杯无？"历来为人称道，竟也可以从《风雨》中找到根源。我越来越喜欢读《诗经》，读《诗经》就有这种好处，它告诉你所有的艺术都有迹可循，无须过度迷信崇拜，差别只在语言的天才会将文字表达得踏雪无痕，叫你轻易寻不到来处。

天将雪未雪，也是一种晦。在这有点期待又有点寥落之际，突然有人对你说，我已准备好新酿的美酒，点燃了温暖的火炉，这么阴寒的天气，不如到我家来共饮一杯吧。这种温暖妥帖的邀请，在寒冷的天气里，尤其令人无法拒绝。那个隐在《风雨》诗后的男子，他也是被邀请和等待的人，应该也心存和刘十九一样的惊喜和温暖，心怀期待地行在路上，眼前微微烛光摇晃。

独身夜行的人所不能抗拒的，正是远方坚定的等待。

诗中未说女子准备了什么，新酒还是佳肴？或许只是清粥小菜。然而那也无妨。温暖的定义原不在于物质的丰裕，甚至家的概念也可以在特定时候广大到无形。迎面见你笑眼盈盈，一个拥抱，递予一碗热汤，顷刻间心中已显现家的形象。

无论是《风雨》还是《问刘十九》，所描绘的都是世俗生活的温暖图景，让人心生向往。《风雨》的比对转折更明显一点，君子未至时，"风雨如晦，鸡鸣不已"，这是由景入笔，带出凄冷的意境，接下来却笔风陡转，由景入情，"既见君子，云胡不喜"。不单是诗中的女子，连读诗的人也像走过叠叠迷津进入桃花源的渔人一样，无限赏心悦目。

等待，是天亮花开。刘十九走进了白居易的家中，我们看见的是朋友相知的风雅；这君子与女子相见，读到的是情人相悦的温存。

今夜，我想写一封信给远方的他，信里只有八个字：风雨如晦，鸡鸣喈喈。

他一定会明白，我是在问他，会不会在风雨如晦的黄昏夜来到我身边。

【与君有约，予宁不来】

——青青子衿，悠悠我心

青青子衿，悠悠我心。纵我不往，子宁不嗣音？

青青子佩，悠悠我思。纵我不往，子宁不来？

挑兮达兮，在城阙兮。一日不见，如三月兮。

——《郑风·子衿》

若言思念的优雅，当属《郑风·子衿》里那一句："青青子衿，悠悠我心。"这一句，美在四个叠字："青青"有声有色，有如春光泻落树梢般鲜活亮丽；"悠悠"像戏曲里拖曳的尾腔，袅袅不尽，欲笑还颦最断人肠。

若言思念的颜色当是青青无疑。

他青色的衣襟，将她的思念也染成了青色。思念有了颜色，像河流两岸青青的树影。思念如水涣涣，女心似影悠悠。这句话漂亮得惊人，尤其是"悠悠"一语，道尽思念是如何缱绻深长，深长得让后来的人无不心有戚戚。

因为很难，我们对一个人产生这样持久的思念而始终心无厌倦。“悠悠”可以满足我们对情感夸饰的心理，同时又不无天真，希冀着从别人处获得这种绵绵不绝生生不息的情感。

多年之后，有一个男人，用这句话为自己的雄心做了精美的修饰。他告诉我们，这后面还有两句：“但为君故，沉吟至今。”于是，这思念像被植入土壤的植物，更饱满，更稳固，更蓬勃，更茁壮。千百年前，一位多情女子的失落情意，千百年后，在一个盖世无双的男人身上找到依托。这未尝不算心有灵犀的一种安慰。

多情的郑国女子在城阙等候着情人，她望眼欲穿，就是不见情人的踪影，她着急地来回走动，不但埋怨情人不赴约会，更埋怨他连音信也不曾传递。

她唱着——青青子衿，悠悠我心。纵我不往，子宁不嗣音？青青子佩，悠悠我思。纵我不往，子宁不来？挑兮达兮，在城阙兮。一日不见，如三月兮。

古时男女的约会很不自由，就算郑是比较开放的地儿，那自由程度和现代人还是有区别的，因为机会难得，约起会来就没那么矫情，拐弯抹角磨磨叽叽半天不入正题。

一般如果大起胆子，看准机会跑出去跟人约会的，那都是作好了以身相许，偕老终生的准备。

可惜他没有来。她的等待落了空。想许都没得许。

忍不住想起纳兰容若的一阕《临江仙》:

昨夜个人曾有约,严城玉漏三更。一钩新月几疏星。夜阑犹未寝,人静鼠窥灯。

原是瞿唐风间阻,错教人恨无情。小阑干外寂无声。几回肠断处,风动护花铃。

这词中女子的情态,不免叫人想起《子衿》。同是候人不至,容若词中描写细腻,以外部的景物来映衬人物内心的波动焦虑;而《子衿》是蜕去了一切躯壳,省去了所有外在的描述,以女子的口吻直述思念,坦然直率与《临江仙》的婉转低回很是不同。

与《子衿》里的郑女比,《临江仙》里的女子算不得哀苦,起码她还有"原是瞿唐风间阻,错教人恨无情"这样的借口来聊以自慰。

有时,若是知道了他的失约是因外界的干涉不得已而为,也许还有点安慰。可若是他自己改变主意退缩了,就像步飞烟的情郎赵象一样,平时你侬我侬巴不得把身子化在蜜水里和你溶到一处,口口声声你中有我,我中有你。一到关键时刻,脚底抹油溜得比耗子还快,叫人情何以堪?

万一,不幸,他是这样的男人,你付与了感情,还继不继续呢?大半女子会摇头的,就像我们看完步飞烟、白素贞的故事掩卷叹息:

这样的女人，有才有貌，什么样的男人爱不到，偏偏爱上这样懦弱无能的男人！可是，当自己身陷其中的时候，又是两说。感情，往往就是泻药，看起来百毒不侵武艺高强的人，也许就顶不住伤风拉稀。

爱情从来不懂公平，几家欢喜几家忧实属正常。同是等待，《风雨》里的女子，风雨黄昏夜终于候得情人归来；《子衿》里的女子却是望眼欲穿迟迟不见情人到来。

失约，是让人心意凋零的事，像一个女人坐在窗前，面朝大海，花容寂寂，知道今年他又不来了，就那么一瞬间，花凋心谢，心碎无痕。

在旁观者看来，郑女已接近失恋的边缘，起码是感情出了问题。由她自己的叙述可以了解，那男子已经有一段时间没来找她，也没有和她通音信。这种不寻常的迹象极有可能是她的恋人变心了。

说她痴也好，说她傻也行，爱情令人盲目而迷乱，能让人失望也能给人无穷的勇气和信心。她的吟唱"一日不见，如三月兮"听得出失落，听不出绝望。

"一日不见，如三月兮"与"青青子衿，悠悠我心"一样脍炙人口，被后人化作了"一日不见，如隔三秋"，由此也可见这句话是如何动人了——思念要如何缱绻不绝，才能在一日之间穿越三秋，抵达彼处时，已白发垂垂。

我们说郑女是可爱的，是因为她对感情的不绝望，这点正是我们难以达到的执着。即使是走到了山穷水尽的地步，她仍相信转过这一处山坳，就能看到梦中的花园。诗中并无交代男子因何失约，后来有没有来。不解释，不交代结局，也是一种期待。

No news is good news. 也许，她会如愿以偿，就像紫霞仙子和至尊宝，纠结了五百年，在城头上对峙三天，终于在最后的一吻中袒露心迹。

【无心邂逅，有心艳遇。有心艳遇，无心欢喜】

——野有蔓草，零露抟兮

野有蔓草，零露抟兮。有美一人，清扬婉兮。邂逅相遇，适我愿兮。

野有蔓草，零露瀼瀼。有美一人，婉如清扬。邂逅相遇，与子偕臧。

——《郑风·野有蔓草》

晚上在大妍古镇的新华街喝茶等人，有名的艳遇一条街。看到人潮如水从身边过，红男绿女好像深海里潜行的游鱼，带着暧昧、不可言传的表情，互相窥探。在这里，有个美好的默契，大家默认的共识就是艳遇和被艳遇。

看着这些人有着兽的迫切，却带着鱼的小心去期待艳遇就好笑。不是我有洁癖，但有那么一瞬间，我想立刻起身离开这喧杂的场合，带着喉咙里干净的普洱茶香离开。

青石小巷波影微光，夜间独自回转客栈的路上，想起一直很喜欢的那首叫《偶然》的小诗：

我是天空里的一片云，
偶尔投影在你的波心——
你不必讶异，更无须欢喜——
在转瞬间消灭了踪影。

你我相逢在黑夜的海上，
你有你的，我有我的，方向；
你记得也好，最好你忘掉，
在这交汇时互放的光亮。

据说这首小诗是徐志摩为回应林徽因的一首诗而作，把他和徽因在英伦乃至尘世间的邂逅比喻成两点在暗夜的海面上的偶然交汇。林徽因很理性地回绝了徐志摩的求爱，而志摩也把这段恋情埋藏于心中，至死，她都是他的人间四月天。

这也是种艳遇，且是最符合我观感的艳遇，艳遇不是急着脱衣服上床，前戏都没有，直接插入，那叫苟且。

真正的艳遇是在对的地方遇见对的人，仰目心惊，瞬息间心花开遍。就像一个男子一个女子在桃花树下，不期待能遇见什么，却在抬首间撞见了爱情。那男子站在不远处，她一笑，很快又低下头，问一句："原来你也在这里吗？"

虽然日后那女子也许会沦落为为生活锱铢必较的老妇，那清秀儒雅的男生也许只是个内心怯懦的无用男人，在生活中沦落得浑身铜臭满目疮痍。

柳梦梅和杜丽娘才叫艳遇，没有理由，没有心机预设，来了就来了，来了就是他了！爱情如落英缤纷，却不知哪一瓣会落到自己身上。而现在，艳遇是乡间伸出墙头的红杏，稍微有点身体柔韧性的人，都敢爬上墙头去摘，啃两口再丢掉。

太多人打着一见钟情的旗号，去遮掩情欲的泛滥。

真正的一见钟情，是这样的——一个男子走在开满狗尾巴草的野外，而不是坐在酒吧里听着帕格尼尼的小提琴曲，啜着红酒，一双眼睛像雷达一样搜索着目标，表面还要做出淡漠冷酷的样子；他遇见一个女子，是衣着清素眉目清亮，顾盼流光，而不是穿着刻意，娇娇嗲嗲，媚眼如丝；他该握住她的手，而不是趁机揽住她的腰，接近她的嘴；也是适合心意想发展感情，却不是盘算着适不适合一夜情；他拉她到无人处只为低低诉说相思，而不是立刻身体力行，肉帛相见。

艳遇中的男欢女爱应该是情感迸发的燃点，而不是从一开始就刻意追求的目的。

比起现世男女感情的纠葛难清，《诗经》里的爱情诗，至纯至善到让人目酸。《野有蔓草》的风格，有如原野中随风摇曳的野草一样清新自然。

诗以蔓草起兴，点出相遇地点是在长满野草的乡间。这是一个仲春的早晨，天刚亮，日未出。空气清新，露水还挂在草上，这时寂静的旷野上，有一个女子自自若若地走来，被一个心仪她的男子看见。娇艳欲滴的美人，身后是娇艳欲滴的露水，她像一枝沾满了露水的花，美得让人心软。她的出现让开着狗尾巴草的普通畈田也变得美不胜收。

诗中描绘的场景其实非常简洁甚至普通，没有刻意的修饰和美化，可往往越是简单，越是直抵人心。陌上花开，女子徐徐走来，男子款款相迎，意境无限。这样的一见钟情实在是引人入胜，被后世人不断临摹重现。

“野有蔓草，零露涥兮”，为后面的“与子偕臧”创造了特有的环境气氛。过去的注释都把“臧”理解为“善”或“美”，独有闻一多先生以为“臧”应该与“藏”同义，即“隐藏”之意，闻一多先生的见解颇有见地，也极富想象力。试想，一名男子在路上巧遇一位心仪已久的女子，那种惊喜自然是不言而喻的，于是机不可失，大胆的小伙子拉着姑娘的手隐藏于幽僻之处，准备一诉衷肠。这种解释也是很符合人性的。

诗中的女子，容颜并没有过多的描写，依然叫人印象深刻。她的美目是最主要标志。“清扬婉兮”、“婉如清扬”，目以清亮为美，扬也是明。诗是以男子的口吻来切入，吟唱，但我们从这八个字也可以窥见女方的反应——她也心有所动。

情意是需要相互刺激策动的，男子的欣喜激动感染了女子，她心中欢喜，顾盼生情，显然是两情相悦。

我们绝对要支持男女交往的自由，绝对要理解"饮食男女，人之大欲存焉"这句话，兴起完全占有一个人的冲动时，不要羞拒，不要急着自我否定，而应该坦诚相对，理智处理。否则还不如"郑风"、"齐风"里的大胆男女了。手足无措，不知如何是好，这种表现对于两千年后的人来讲，不是进步，而是倒退。

只是，我们更应该清楚，心里有一个地方是留给真心的，游戏花丛不要紧，只要你确信在千帆过尽时还能找到适合心意的那个人。流连过几张双人床，住过几间单人房，颠沛流离其实都是为了找到那个人。

当爱情褪去所有的形迹时，希望，遇见你，是在自在无碍的旷野，让我们用清洁如露水的双眼对视，真心舒展，欲望如虫豸退避。你我灵魂一如两千年前乡间的寻常男女。

只是，当艳遇变成了一见钟情的庸俗版以后，我们还有多少心胸可以用来承载真正艳遇时带来的澎湃喜悦？当我们习惯置身繁芜世间，心忙眼乱。即使爱以神迹降临，我们又是否能以赤子之心去察觉？

那野有蔓草的乡间，相看不厌的两个人，毕竟是远了。我们看着他们的背影，因追不上，为可望不可即而心意冷落。这样荒芜的心境，犹如站在一幅古画前，看着画中人默默思量。说不清愁因何起，思为何来？

——后来，徐志摩在给梁启超的信中说道："我将于茫茫人海中寻我唯一灵魂之伴侣，得之，我幸；不得，我命。"

他向旧式婚姻挑战的勇气着实可嘉，他说他要做中国离婚的第一人。只是可怜他的发妻，张幼仪。一个柔弱女子被丈夫抛弃，心中是何等凄惨苦闷，婚变的痛苦是未经历过的人难以理解和体会的。之后的陆小曼风姿绰约，浪漫多情，恰好对了徐志摩的胃口。但是她在花销上大手大脚和生活作风上的靡乱无度又使志摩为经济事务疲于奔命，一代才子竟为赚钱死于飞机失事……

叹！

爱情，不会永如诗章里所写的那样甜美无邪。爱不是天真的白雪公主，也许更像复仇索命的女鬼。可惜人们常常看见的只是风月宝鉴的正面，不看反面。

其实，看不看都一样。两面都很要命。

《诗经》别册

关　雎

关关雎鸠，在河之洲。窈窕淑女，君子好逑。

参差荇菜，左右流之。窈窕淑女，寤寐求之。

求之不得，寤寐思服。悠哉悠哉，辗转反侧。

参差荇菜，左右采之。窈窕淑女，琴瑟友之。

参差荇菜，左右芼之。窈窕淑女，钟鼓乐之。

【安解】

我惊于这诗中的风雅与醇厚。平常到极处就有了风情万种，坦荡到极处亦有不可细言的曲婉。这诗中，荇菜是爱意的象征。采摘荇菜的行为，象征着追求女子。流、采、芼，都是采摘的动作，程度不同，力度渐重，象征着男子追求的心意和力度逐步加强。

【安译】

河洲之上的雎鸠，声声欢叫。它眼中的爱人，近在咫尺。我心中的爱人啊，远在河洲。

你坐舟中择取荇菜的样子，旁若无人地从容。可知我暗自已为你着迷，为了你坐卧不宁，望见你的身影就手足无措。

我心中爱慕的女子啊，如何才能亲近你？为此我苦恼地难以入眠,对你日以继夜地想念。

我心惆怅,如波难定,对你的爱意,不可断绝。

我愿与你接近。如你摘取荇菜一样,请让我来摘取你。亦愿我身是荇菜,可被你摘取。

我心中爱慕的女子啊,我愿亲近你。弹琴奏瑟,使你愉悦。

我愿与你靠近。如你拔取荇菜一样,请许我来拔取你。亦愿我身是荇菜,可被你拔取。

我心中爱慕的女子啊,我愿亲近你。敲钟击鼓使你欢欣。

(如果你愿意。我要举办盛大的婚礼来迎娶你,与你结为永好,成为夫妻。)

卷　耳

采采卷耳，不盈顷筐。嗟我怀人，寘彼周行。

陟彼崔嵬，我马虺隤。我姑酌彼金罍，维以不永怀。

陟彼高冈，我马玄黄。我姑酌彼兕觥，维以不永伤。

陟彼砠矣，我马瘏矣。我仆痡矣，云何吁矣！

【安解】

我像初睡乍醒的人，一伸手就捉到床头新鲜得能泛出香气的阳光——读到它，心意甜美满足。这是首忧伤的诗，思念丈夫的女人感情犹如暗藏花刺的玫瑰，不管不顾地盛开，看似无伤害却能一不小心刺得人惊跳。它同时也是一首脆弱的诗，就像大风里的玫瑰，脆弱与艳丽散落一地。

【安译】

我在大道采摘苍耳的嫩叶，采了很久却装不满我的浅筐，无心劳作只能放下浅筐，在大道旁嗟叹张望。

在遥远的远方，我正向你走来。

我登上了险峻的高山，我的马儿疲病腿软。

长路漫漫难行，我暂且用勺舀酒，用青铜酒杯盛上。

我饮酒，却丝毫不能减少我心中的思念。

在遥远的远方，我正向你走来。

我登上了陡峭的山冈，我的马儿早已不堪劳累目眩眼花。

长路漫漫难行，我暂且用勺舀酒，用犀牛角杯盛上。

我饮酒，却丝毫不能减少我心中的感伤。

有土有石的山丘，分外颠簸难行，我的马儿已经精疲力竭。

我的仆人也已经病倒，我不知自己还能支撑多久，还能不能回到你身旁？

桃　夭

桃之夭夭，灼灼其华。之子于归，宜其室家。

桃之夭夭，有蕡其实。之子于归，宜其家室。

桃之夭夭，其叶蓁蓁。之子于归，宜其家人。

【安解】

“桃之夭夭，灼灼其华。”也许古人创作文句之初就是这样，看见什么就说什么，并不需大力咬文嚼字。所以今人反倒要艳羡那恰到极处的好。“灼灼”二字，给人以照眼欲明的感觉，深刻到难以磨灭的地步。读这诗，甚至只是读起头这一句，已教人分辨不清，这艳得难舍难收的是桃花，还是那艳如桃花的女子？

【安译】

这个姑娘在春天出嫁，她出嫁的时候桃花怒放，像是在祝福她嫁入好人家，很快就会生贵子，多子多福如桃树果实累累。

这个姑娘在春天出嫁，她出嫁的时候桃花怒放，绿叶茂盛不凋败，像是在祈愿她嫁入好人家，一家人齐心协力，生活幸福，家庭和睦。

汉　广

南有乔木，不可休思。汉有游女，不可求思。

汉之广矣，不可泳思。江之永矣，不可方思。

翘翘错薪，言刈其楚。之子于归，言秣其马。

汉之广矣，不可泳思。江之永矣，不可方思。

翘翘错薪，言刈其蒌。之子于归，言秣其驹。

汉之广矣，不可泳思。江之永矣，不可方思。

【安解】

《汉广》可能是最古老的单相思诗了。在当时，这男子的一往情深没有打动意中人，想不到数千年后却打动了无数人，人们感于他的痴情而记得他，又或者，人们内心真正为之动容的不只是他的痴情，而是，每个人都曾有过的“求不得苦”。

【安译】

南方有棵高大树，树下不可久休憩。汉江有个漫游女，想要追求是徒劳。

浩浩汉江太宽广，不能泅渡人怅惘。滚滚汉江太漫长，不能摆渡徒忧伤。

草木丛生相错杂，砍柴定要砍荆条。那个女子如嫁我，要将辕马喂个饱。

浩浩汉江太宽广，不能泅渡人怅惘。滚滚汉江太漫长，不能摆渡徒忧伤。

草木错杂丛丛聚，割下白蒿做柴薪。那个女子如嫁我，喂饱马儿驱车迎。

浩浩汉江太宽广，不能泅渡人怅惘。滚滚汉江太漫长，不能摆渡徒忧伤。

小　　星

嘒彼小星，三五在东。肃肃宵征，夙夜在公。寔命不同！

嘒彼小星，维参与昴。肃肃宵征，抱衾与裯。寔命不犹。

【安解】

人总是自尊多过自弃。即使口口声声自称小人罪该万死，也不会有人真的甘心命比旁人贱三分，或者干脆如奴隶一样认命。

屈服在命运之下，托言是上天安排，难以对抗，不仅仅是懦弱的表现，更多的是无奈之下的自我保全。

【安译】

天边星光微弱，我睡意深浓，三三两两的小星照着我这个夙夜不能安眠、为公事夜行赶路的人。谁能知道我的辛苦呢？怪不得什么，要怪只怪我命不好。

天边星光微弱，我睡意渐消，看清了那是参星和昴星，高官们都在香衾中安眠，而我携带着卧具奔走在路上。怪不得什么，要怪只怪我命不如人。

北　山

陟彼北山，言采其杞。偕偕士子，朝夕从事。王事靡盬，忧我父母。

溥天之下，莫非王土。率土之滨，莫非王臣。大夫不均，我从事独贤。

四牡彭彭，王事傍傍。嘉我未老，鲜我方将。旅力方刚，经营四方。

或燕燕居息，或尽瘁事国。或息偃在床，或不已于行。

或不知叫号，或惨惨劬劳。或栖迟偃仰，或王事鞅掌。

或湛乐饮酒，或惨惨畏咎。或出入风议，或靡事不为。

【安解】

下层官吏抱怨劳逸不公，自己为王事四处奔波，自身辛苦劳累，连父母也无法照顾奉养；而那些高官宠臣却尸位素餐，过着安然富裕的生活。“溥天之下，莫非王土。率土之滨，莫非王臣。”耳熟之语，却甚少有人知道出处在此，更不知此言后面还有更多的内容。

【安译】

我登上了北山，采摘枸杞充饥，虽然我身强力壮可为王事四处奔忙，可王事繁重无止境，连累我无法侍奉年迈父母，叫我心如何不忧伤。

普天之下，无处不是王的领土，四海之内，无人不是王的臣仆。同是大夫却劳逸不均，唯独我最劳苦。

驷马疾驰跑得慌，王事繁重多紧张。好在我年纪未老，好在我正当壮年。我的力气正刚强，还可为王奔走四方。

有的人，安逸高卧在家休息；有的人，为国事殚精竭虑。有的人，没事干躺在床上；有的人，日夜不停奔走在路上。

有的人，不知人间疾苦；有的人，整天忧愁辛劳。

有的人，饮酒作乐；有的人，小心翼翼生怕获罪。有的人，指手画脚空发议论；有的人，辛苦操劳事必躬亲。

北　门

出自北门，忧心殷殷。终窭且贫，莫知我艰。已焉哉！天实为之，谓之何哉！

王事适我，政事一埤益我。我入自外，室人交遍谪我。已焉哉！天实为之，谓之何哉！

王事敦我，政事一埤遗我。我入自外，室人交遍摧我。已焉哉！天实为之，谓之何哉！

【安解】

一样是位卑任重的小官吏，别人尚心存几丝家庭慰藉，他却内忧外患，内外交煎。王事繁重犹可自勉，却因俸禄不能对等，被家人埋怨、嫌弃。这样的男人，是辛苦还是心苦？

【安译】

我从北门出门去，心中多么忧伤。又寒伧来又贫穷，谁人知我多艰难。算了吧，都是上天早安排，我有什么办法啊！

王家差事摊派我，衙门公务也增加。我从外面回家来，饱受家中人怨和骂。算了吧，都是上天早安排，我有什么好办法！

王家差事推给我，衙门公务也相加。我从外面回家来，饱受家中人讥和讽。算了吧，都是上天早安排，我有什么办法啊！

殷其雷

殷其雷，在南山之阳。何斯违斯？莫敢或遑。振振君子，归哉归哉！

殷其雷，在南山之侧。何斯违斯？莫敢遑息。振振君子，归哉归哉！

殷其雷，在南山之下。何斯违斯？莫敢遑处。振振君子，归哉归哉！

【安解】

这一首从女子的角度，从妻子在隆隆不绝的雷鸣中兴起的惦念写起，反映了君子行役在外的艰辛。妻子既言其辛苦，又深赞其为国操劳的德行，遂歌咏赞诵。她虽明白丈夫是为国事奔走，但还是希望他能早日归来，雷声亦象征了她激荡难安的心情，言犹在耳，情意真切。

【安译】

雷声隐隐，响起在南山的南坡。为何刚归来就要离开呢？不能有少许闲暇。我勤奋有为的君子，归来吧，归来吧！

雷声隐隐，响起在南山的边上。怎么刚归来又要离家？不能有片刻休息。我勤奋有为的君子，归来吧，归来吧！

雷声隐隐，在南山的脚下轰鸣。怎么这时候还要离家？不能有一刻停留。我勤奋有为的君子，归来吧，归来吧！

野有死麕

野有死麕，白茅包之。有女怀春，吉士诱之。

林有朴樕，野有死鹿。白茅纯束，有女如玉。

舒而脱脱兮！无感我帨兮！无使尨也吠。

【安解】

孔子说："诗三百，一言以蔽之，曰思无邪。"我将此言理解为清洁的意思，《诗经》的每一篇本质上都是洁净的，没有繁复的章法结构，没有过度的语法修饰，没有小心刻意的隐喻。文字如一个独立的天地，情意繁衍其间。你立于当中，可看见爱恨喜怒分明，那翻覆其间的情与欲，如花潮汹涌，美与丑只是相对的，既然有情就要自然呈现在天地之间，无拘无畏。

【安译】

林中有只死獐子，白茅包裹放地上，有位少女春心动，有位猎人将她来引逗。

林中灌木错杂生，地上有只小死鹿。我用白茅来捆扎，献给这位美少女。

慢慢来呀慢慢来，不要着急脱掉我佩巾，别惊动多事的小狗狗。

硕　人

硕人其颀，衣锦褧衣。齐侯之子，卫侯之妻，东宫之妹，邢侯之姨，谭公维私。

手如柔荑，肤如凝脂，领如蝤蛴，齿如瓠犀，螓首蛾眉，巧笑倩兮，美目盼兮。

硕人敖敖，说于农郊。四牡有骄，朱幩镳镳，翟茀以朝。大夫夙退，无使君劳。

河水洋洋，北流活活。施罛涉涉，鳣鲔发发，葭菼揭揭。庶姜孽孽，庶士有朅。

【安解】

《诗经》里女子的形象，多是被虚化的，美如在河之洲、在水一方的女子，也不过像一团水汽里显出的人形，诗意朦胧。只有庄姜，人们不惜工本笔墨去描绘她，一笔一画勾勒，从身世到容貌再到气质，出嫁的排场，随嫁的人员，唯恐不细。

【安译】

美人庄姜身材修长，身着锦衣，外罩细麻衣。——这位美人的出身怎样呢？她是齐侯的女儿，卫侯将娶的妻子，她是齐国太子得臣的妹妹,邢侯称她为姨,谭公是她姐妹的丈夫。

美人庄姜手像初生的白茅,皮肤柔滑细腻像凝冻的膏脂,她的脖子修长洁白如天牛的幼虫,她的牙齿像葫芦籽整齐洁白。她的额头光滑宽阔,她的眉弯而秀美。她一笑起来有可爱的小酒窝,她美目含情,顾盼生辉使人心醉。

庄姜身材高挑,她的车马暂停在城郊,等待着卫人迎接她入城举行婚礼。她的车驾华美高贵。由四匹高大公马所拉,上饰红色绸带,她的车蔽以山鸡的羽毛来装饰。她坐在车里等着与卫君相见。今日群臣早退,不要使君上过于劳累。

河水浩荡有声势,水流奔腾滚滚有声,河梁上有渔网,人们辛勤在撒网,鲤鱼鳝鱼拨尾跳动。河岸之上芦苇茂盛,今日庄姜来卫国,我们卫国多兴旺。随庄姜陪嫁来卫的齐国女子头饰华丽,护送庄姜来卫国的诸臣英武强壮。

绿衣

绿兮衣兮，绿衣黄里。心之忧矣，曷维其已！

绿兮衣兮，绿衣黄裳。心之忧矣，曷维其亡！

绿兮丝兮，女所治兮。我思古人，俾无訧兮！

絺兮绤兮，凄其以风。我思古人，实获我心！

【安解】

这是见于文字最早的一首悼亡诗。丈夫睹物思人，悼念亡妻。妻子缝制的衣服还能穿在身上，劝勉的话，犹在耳边，人已经不在了。死亡是人世间最决绝的离别，最彻底的割裂。多少生死相许的人，许下不离不弃的誓言，在死亡面前瞬间成空。

【安译】

绿衣裳啊绿衣裳，绿色面子黄里子。我心里的忧伤啊，什么时候能终止！

绿衣裳啊绿衣裳，绿色上衣黄下裳。我心里的忧伤啊，什么时候能休止！

绿丝线啊绿丝线，是你亲手整理缝制。我思亡故的贤妻，使我平时少过失。

细葛布啊粗葛布，穿在身上凉浸浸。我思亡故的贤妻，实在熨帖我的心。

燕燕

燕燕于飞，差池其羽。之子于归，远送于野。瞻望弗及，泣涕如雨。

燕燕于飞，颉之颃之。之子于归，远于将之。瞻望弗及，伫立以泣。

燕燕于飞，下上其音。之子于归，远送于南。瞻望弗及，实劳我心。

仲氏任只，其心塞渊。终温且惠，淑慎其身。先君之思，以勖寡人。

【安解】

这是卫国国君送别远嫁南国的妹妹的诗，也是最早的送别诗。诗中驻足远望，悄然洒泪，临别赠言，处处显出诚挚情意。虽因骨肉之亲，不无不妥，却引人揣测，更觉像一对相爱却不得相守，被迫别离的爱人的临别倾诉。

辞家邦，别爹娘，别兄长，离爱人，要头也不回奔向陌生难测的未来。这样义无反顾，身不由己，是多少人共同的宿命。

【安译】

燕子双双天上飞，参差不齐展两翅。我的妹妹要出嫁，我要送她到郊野。离人越走影越远，渐渐乃至看不见，我伤心哭泣泪如雨。

燕子双双天上飞，忽上忽下展两翅。我的妹妹要出嫁，我要送她出门去。离人越走影越远，渐渐乃至望不见，我痛苦驻足心长泣。

燕子双双天上飞，飞上飞下喃喃语。我的妹妹要出嫁，我要送她到南郊。车驾越走影越远，渐渐消失寻不见，我悲苦欲绝心哀伤。

我的二妹品行良，温柔贤惠言谨慎。转而她来劝勉我，时时谨记先君诲，不可辜负他心愿。

日　月

日居月诸，照临下土。乃如之人兮，逝不古处。胡能有定？宁不我顾。

日居月诸，下土是冒。乃如之人兮，逝不相好。胡能有定？宁不我报。

日居月诸，出自东方。乃如之人兮，德音无良。胡能有定？俾也可忘。

日居月诸，东方自出。父兮母兮，畜我不卒。胡能有定？报我不述。

【安解】

这是一首怨妇诗，有遭受家庭暴力的嫌疑。一个女子受到丈夫的冷淡和虐待，不堪忍受的痛苦呼吁。初嫁时，她和丈夫感情尚佳，后来丈夫对她渐渐冷淡，不闻不问。她深受其苦，无可自解，唯有求上天怜悯愿日月洞察人间不公，进而更怨父母将自己嫁出，才有今日之苦。

【安译】

太阳月亮在天上，光辉普照大地上。世上怎有这种人，不像往日那样与我和睦相处。这种苦日子何时才能停止，难道不再顾念我？

太阳月亮在天上，光明普照大地上。世上怎有这种人，不像往日那样同我相好。这种苦痛何时才能休止，难道不念我对你的恩情？

太阳月亮在天上，日出月出在东方。世上怎有这种人，花言巧语存心不良。这种痛苦何时才能结束，何日我才能忘掉忧伤？

太阳月亮在天上，日出月出在东方。爹娘啊，你们仓促将我嫁，为何不养我终生？这种痛苦何时才能完结，他待我的狠心不能尽述！

终　　风

终风且暴，顾我则笑。谑浪笑敖，中心是悼。

终风且霾，惠然肯来。莫往莫来，悠悠我思。

终风且曀，不日有曀。寤言不寐，愿言则嚏。

曀曀其阴，虺虺其雷。寤言不寐，愿言则怀。

【安解】

这是一首失恋诗，一位女子思念自己的爱人，回忆他们曾在一起欢谑调笑，度过许多快乐的时光，而今情人反目不来，女子犹自思念不已。诗以阴雨风雷起兴，以暴风来比喻那薄情多变的男人，以此来说明自己心情难以平复。

【安译】

他像一阵狂风吹到，想招惹我的时候就和我谑笑，怀念起我们在一起的快乐时光，忍不住悲从中来。

狂风吹到阴雨昏暗，不知他是否会如我心意来到面前。如今我们已不再来往，忧思不绝令我心伤。

狂风吹到阴云蔽日，不见太阳四下昏暗。整夜失眠难入睡，愿他不住打喷嚏知道我在想他。

天色阴沉黯淡无光，雷声轰鸣大雨将至，整夜失眠难入睡，越想越是不能忘记他。

狡　童

彼狡童兮，不与我言兮。维子之故，使我不能餐兮！

彼狡童兮，不与我食兮。维子之故，使我不能息兮！

【安解】

情人间因闹别扭而暂时不相往来，诗以女子的口声，埋怨情人无情可恶。明是句句含怨，实则句句含情。称其为狡童，犹称其为冤家。爱之深，怨之切。

【安译】

你这个恼人小滑头啊，不和我讲话。因为你的缘故，使我吃不下饭。

你这个恼人小滑头啊，不和我共餐。因为你的缘故，使我不能安眠。

击　鼓

击鼓其镗，踊跃用兵。土国城漕，我独南行。

从孙子仲，平陈与宋。不我以归，忧心有忡。

爰居爰处，爰丧其马。于以求之？于林之下。

死生契阔，与子成说。执子之手，与子偕老。

于嗟阔兮！不我活兮！于嗟洵兮！不我信兮！

【安解】

身为女子，如果有一个机会，你的爱人要给你誓言，你是希望他简简单单地说出一句“我爱你”，还是对你说“死生契阔，与子成说。执子之手，与子偕老”呢？多半是后者吧，若你确信他是你要的人。

【安译】

鼓声响亮，用兵积极。别人都被派在国内行役，唯独我出征南方。

跟随着将军孙子仲，去平息陈宋两国的争端，不让我回国去，令我忧愁不安。

只能找地方住下来，我精神涣散丢失了马。到哪里去寻找我的马？原来就在不远处的树下。

当初曾就生死聚散的事立下誓言，我要握住你的手，和你一起到老。这样看不到头的别离，简直让我活不下去，天长地久不能相会，硬是不让我信守对你的誓言。

式　　微

式微，式微，胡不归？微君之故，胡为乎中露！

式微，式微，胡不归？微君之躬，胡为乎泥中！

【安解】

每个人心中都有一座桃花岛，甘为一人守候不变。式微，胡不归？心中那份温柔牵念缓缓绽放，未因时间的迭转而凋谢，希望，时光演进了千百年之后，我们再吟唱时，已经不再有重重的压抑无奈了。婉转的歌调，唱出的不再是对国事的担忧而是倚门而立的温柔守候。

【安译】

天黑了，天黑了，你咋还不回？要不是因为官家的徭役多，我们怎么会顶风冒露地劳作？

天黑了，天黑了，你咋还不回？要不是为了供养老爷的贵体，我们怎么会天黑还在泥水里？

新　　台

新台有泚，河水弥弥。燕婉之求，籧篨不鲜。

新台有洒，河水浼浼。燕婉之求，籧篨不殄。

鱼网之设，鸿则离之。燕婉之求，得此戚施。

【安解】

对宣姜，我有一种心旌摇曳的怜爱之心，“新台纳媳”是史册上著名的丑闻之一，实际只是命运对一个无辜女子所开的险恶玩笑。春秋略显阴冷的历史，因为宣姜的斑斑血泪，就如在一把白纸扇上点染出了片片桃花。《诗经》里讥讽卫宣公的诗作还有几篇，我希望通过相互联系的几个诗篇来复原一个女人被无辜摆弄的一生。

【安译】

新台敞亮华美，黄河之水涣涣，文雅多情的女子，心中爱慕的本是年轻俊雅的才郎，不料却得了一个又老又丑的家伙。

新台楼宇高峻，黄河之水涨满，文雅多情的女子，心中爱慕的本是温柔多情的才郎，谁知却得了一个老丑无德的家伙。

设下渔网，本为捕捉鱼虾，谁知竟捕到了癞蛤蟆。文雅多情的女子，心中向往的本是善解人意的少年郎，谁想嫁给了一个老丑无良的家伙。

二子乘舟

二子乘舟，泛泛其景。愿言思子，中心养养。

二子乘舟，泛泛其逝。愿言思子，不瑕有害。

【安解】

这是一首送别诗，歌者祝福行者一路平安、顺利。我更倾向于此诗是隐射卫宣公杀子之事，映着诗篇，一点一点从文字间走来的历史，一个女人慢慢消逝的一生。

【安译】

两个孩子坐船远去，船影摇晃，挂念我远去的孩子，忧心难安。

两个孩子乘舟远去，舟影消失，挂念我远去的孩子，希望他们不会有闪失。

鹑之奔奔

鹑之奔奔，鹊之彊彊。人之无良，我以为兄？

鹊之彊彊，鹑之奔奔。人之无良，我以为君？

【安解】

这是一首讽刺诗，用以讥讽恃强凌弱，好勇斗狠之徒，亦有说是讽刺卫宣公，更有人说这是讽刺宣姜和公子顽私通的事，我个人倾向于此诗是讽刺卫宣公那个老混蛋的。

【安译】

鹌鹑好勇斗狠，喜鹊吵闹凶暴。这个人品德败坏，我竟称他为兄长。

喜鹊好勇斗狠，鹌鹑吵闹凶暴。这个人品行恶劣，我竟尊他为君上。

遵大路

遵大路兮，掺执子之袪兮，无我恶兮，不寁故也！

遵大路兮，掺执子之手兮，无我丑兮，不寁好也！

【安解】

这是一首分手诗，一个为人所弃的女子，同负心人在大路拉扯，男人决意离犹去，女子自觉无辜眷恋不舍。使人不快的，并非是这男子的绝情，而是这女子的拖沓。可怜之人必有可恨之处。

【安译】

沿着大路走，拉着你的袖口，不要嫌弃我啊，不要不顾旧情，决绝地和我分手！

沿着大路走，拉着你的手，不要嫌我貌丑啊，不要不念旧好，决然地弃我而去！

墙有茨

墙有茨，不可扫也。中冓之言，不可道也。所可道也，言之丑也。

墙有茨，不可襄也。中冓之言，不可详也。所可详也，言之长也。

墙有茨，不可束也。中冓之言，不可读也。所可读也，言之辱也。

【安解】

便如现代人对名人八卦绯闻持续热情关注一样，古人对王室贵族不经意间散落民间的影影绰绰的传闻也同样喜闻乐见。基于对正统道学的不屑，我并不觉得宣姜的事是多大的丑闻，甚至都称不上道德败坏。只不过爱非所爱，恨不能恨，身不由己。至此，绝代佳人宣姜的人生，在余音袅袅中结束了。

【安译】

墙缝里的蒺藜难以清扫，宫内的秽行不可以宣诸于口。要是说起来的话，那真是不能见人。

墙缝里的蒺藜难以拔除，宫内的秽行不可以详尽言之。要是说起来的话，那真是说来话长。

墙缝里的蒺藜难以清理，宫内的秽行难以用言语去尽述。要是说起来的话，那真是可耻之极。

淇　奥

瞻彼淇奥，绿竹猗猗。有匪君子，如切如磋，如琢如磨。瑟兮僩兮，赫兮咺兮。有匪君子，终不可谖兮！

瞻彼淇奥，绿竹青青。有匪君子，充耳琇莹，会弁如星。瑟兮僩兮，赫兮咺兮。有匪君子，终不可谖兮！

瞻彼淇奥，绿竹如箦。有匪君子，如金如锡，如圭如璧。宽兮绰兮，猗重较兮。善戏谑兮，不为虐兮。

【安解】

《淇奥》居于卫风之首，是我个人非常喜欢的一首诗，亦是《诗经》里著名的男性赞歌，只是没有女性赞歌《硕人》那么声名在外。这诗里称颂的男子，内外兼修，正是我心期许的男子。我遇见这样的男人，满心欢悦地验证了《诗经》里所写"既见君子，云胡不夷"。

【安译】

眺望弯弯淇水岸，绿竹茂盛多美丽。雅量高洁是君子，品行有成，有如象牙经切磋，有如美玉耐琢磨，他仪表堂堂，容光焕发。他心地光明受人尊重，叫人一见难忘怀。

眺望弯弯淇水岸，绿竹青青多茂密。雅量高洁是君子，良玉饰冠垂耳边，宝石镶帽亮如星。他仪表堂堂，容光焕发。他心地光明受人尊重，叫人一见难忘记。

眺望弯弯淇水岸，绿竹茂密郁郁葱葱。雅量高洁是君子，治学有成，有如赤金白锡，有如方圭圆璧。他胸襟恢弘举止从容，你看他登车姿势多优雅，生性风趣，善笑谑，恰到好处平易近人。

氓

氓之蚩蚩，抱布贸丝。匪来贸丝，来即我谋。送子涉淇，至于顿丘。匪我愆期，子无良媒。将子无怒，秋以为期。

乘彼垝垣，以望复关。不见复关，泣涕涟涟。既见复关，载笑载言。尔卜尔筮，体无咎言。以尔车来，以我贿迁。

桑之未落，其叶沃若。于嗟鸠兮，无食桑葚。于嗟女兮，无与士耽。士之耽兮，犹可说也。女之耽兮，不可说也。

桑之落矣，其黄而陨。自我徂尔，三岁食贫。淇水汤汤，渐车帷裳。女也不爽，士贰其行。士也罔极，二三其德。

三岁为妇，靡室劳矣。夙兴夜寐，靡有朝矣。言既遂矣，至于暴矣。兄弟不知，咥其笑矣。静言思之，躬自悼矣。

及尔偕老，老使我怨。淇则有岸，隰则有泮。总角之宴，言笑晏晏。信誓旦旦，不思其反。反是不思，亦已焉哉！

【安解】

《氓》能够高居《诗经》弃妇诗的榜首，自然有其代表性和独到之处。它最主要的艺术特色是运用了回忆和对比的手法。对比的手法运用得尤其好。诗中不单有女子与“氓”个性的对比，更有“氓”前后言行的对比，有女子前后思想感情变化的对比。《氓》通过对比突出了人物的性格,写出了人物性格的发展,刻画出鲜明的人物形象。

尤为可贵的是,诗能在展示女主人公命运悲剧的同时,始终把握住她心里深挚复杂的感情,或喜或悲,或爱或恨,每一点变化都在情在理,细致入微,塑造出一个血肉丰满、深情勇敢的女子形象。

【安译】

那个男人笑嘻嘻,抱着布匹来换丝,其实哪里是换丝,他是想打我主意。我送他过淇水去,一直送到顿丘去,不是我要误婚期,是你没请好媒人。请你不要太生气,我们约好秋天嫁娶。

登上那堵断墙。望着你的车辆,看不见你的车辆,泪水涟涟心多伤,看见了你的车辆,喜笑颜开心欢畅。小心问卜占筮,幸而结果都吉利。等着你车来迎娶,带着嫁妆嫁过去。

桑叶茂盛叶未落,它的叶子多鲜嫩。我说贪嘴的斑鸠,可别多吃桑葚果,我说多情的女人,可别沉迷瞎搅和。男人沉醉只一时,转身就可把身脱,女人迷恋是一世,满心伤痕难解脱。

桑树凋零叶儿落,枯黄叶子先飘落。自从我到你家来,多年吃苦又受贫。淇水汤汤水长流,把我车幔给浸湿,细思我实无过错,是你变心有过错,男人心思太无常,德行不一太无良。

自从我到你家来,操劳多年有结果,事事我都勤打理,起早贪黑有担待。没有一天松懈过。现在日子过好了,你却翻脸虐待我。兄弟姐妹不知情,不来体谅取笑我。静下心来细思量,独自哀伤谁理解。

以为能和你一起到老，谁知未老已生怨。淇水汤汤终有岸，沼泽再宽也有边，我的苦楚无尽头。年轻时候相处融洽，山盟海誓信誓旦旦，不想你言行不一违背誓言。既然如此我也不再想了，与你从此一刀两断。

木　　瓜

投我以木瓜，报之以琼琚。匪报也，永以为好也。

投我以木桃，报之以琼瑶。匪报也，永以为好也。

投我以木李，报之以琼玖。匪报也，永以为好也。

【安解】

这首诗是男欢女悦时，互赠礼物以表情意所唱的情歌。女方赠以木瓜、桃李，男方还之以佩玉，亦有引申意表示这是朋友之间馈赠对答，宣扬的是投少报多，不以利论交的忠厚之情。更言应心存公正，不该以小利误事误国。我个人倾向于这是首单纯的民歌风味的情歌，所以在解读的时候心情愉悦，写得也很轻松。

对于诗歌，不单是不同人有不同理解，同一个人，在不同的年龄也有不同的理解，所以应该顺其自然，最开始的时候应该贴近诗的本意去理解，以后再自然地引申，不必操之过急掩盖了本色。

【安译】

你赠我木瓜，我回赠你佩玉。不是为了什么回报，只是为了与你永结同好。

你赠我香桃，我回赠你佩玉。不是为了什么回报，只是为了与你永结同好。

你赠我甜李，我回赠你佩玉。不是为了什么回报，只是为了与你永结同好。

摽有梅

摽有梅，其实七兮。求我庶士，迨其吉兮。
摽有梅，其实三兮。求我庶士，迨其今兮。
摽有梅，顷筐塈之。求我庶士，迨其谓之。

【安解】

这首诗，诗意无歧义，当是一位已介婚龄的女子，盼望男子不要再犹豫观望，及时追求自己。现在媒体提炼出"剩男剩女"的概念，仿佛大男大女在一夜之间成了重大的待解决的社会问题，从《摽有梅》看来也不是今天才有。《摽有梅》中女子的恨嫁之心跟现时很多女人不谋而合，男女婚嫁虽然要及时，也不是说有就有的，越急越容易走眼，不如稳中求胜。

【安译】

击打梅树梅子落，树上还有十分之七。追求我的男子们，趁着现在好日子。

击打梅树梅子落，树上还剩十分之三。追求我的男子们，趁着现在好时辰。

击打梅树梅子落，拿着竹筐来拾梅。追求我的男子们，告知婚约莫迟疑。

黍　离

彼黍离离，彼稷之苗。行迈靡靡，中心摇摇。知我者谓我心忧，不知我者谓我何求。悠悠苍天！此何人哉？

彼黍离离，彼稷之穗。行迈靡靡，中心如醉。知我者谓我心忧，不知我者谓我何求。悠悠苍天！此何人哉？

彼黍离离，彼稷之实。行迈靡靡，中心如噎。知我者谓我心忧，不知我者谓我何求。悠悠苍天！此何人哉？

【安解】

这是一首心伤故国的挽歌。东周的大夫经过西周的故宫旧地，此地宫室倾颓，早已残败不堪，生出一片茂盛的黍粱。落日的余晖下，他凝目望向故宫，故国踪迹难寻，繁华那么容易就落尽了。人生如此短暂，忧患却是如此深长。忧愤日深，告问苍天该如何自遣？

【安译】

看那荒野上黍子茂盛，看那高粱正在抽苗。我步履迟疑无精打采，心中忧闷无所适从。了解我的人理解我心中忧愁，不理解我的人说我不知道还有什么奢求。悠悠苍天啊，这种情况是谁造成的？

看那荒野上黍子茂盛，看那高粱正在结穗。我步履蹒跚精神恍惚，如痴如醉无所适从。了解我的人理解我心中忧愁，不理解我的人说我不知道还有什么奢求。悠悠苍天啊，这种情况是谁造成的？

看那荒野上黍子茂盛，看那高粱已经成熟。我步履迟缓无所适从，忧愤抑郁无所适从。了解我的人理解我心中忧愁，不理解我的人说我不知道还有什么奢求。悠悠苍天啊，这种情况是谁造成的？

园有桃

园有桃，其实之殽。心之忧矣，我歌且谣。不知我者，谓我士也骄。彼人是哉，子曰何其？心之忧矣，有谁知之！有谁知之！盖亦勿思！

园有棘，其实之食。心之忧矣，聊以行国。不知我者，谓我士也罔极。彼人是哉，子曰何其？心之忧矣，有谁知之！有谁知之！盖亦勿思！

【安解】

这是另一首著名的忧国忧民者之歌，与《黍离》不同，《园有桃》中的孤独者不是站在故国的废墟上去凭吊故国，而是立足于现在，意图能通过自己的呼吁，唤起当权者的重视，使朝政得以肃清，国家得以中兴。可是这种可能性实在太小。

【安译】

园子里面长着桃，它的果实可吃饱。我心中实在烦恼。只能吟唱解忧愁。不理解我的人，说我这人太骄傲。你说那些人说得对吗？你说他说得对吗？我为国事忧心忡忡，不知内情的人怎么也不想想？

园子里面长酸枣,它的果实可吃饱。我心里忧闷难消。只能流浪忘烦恼。不理解我的人,说我这人太狂傲。你说那些人说得对吗?你说他说得对吗?我为国家忧心忡忡,不知内情的人怎么也不想想?

君子于役

君子于役，不知其期。曷至哉？鸡栖于埘，日之夕矣，羊牛下来。君子于役，如之何勿思！

君子于役，不日不月，曷其有佸？鸡栖于桀，日之夕矣，羊牛下括。君子于役，苟无饥渴！

【安解】

这是《诗经》里我最喜欢的一首思妇诗。年少时读它，不知道当中的思忆有那么深，我一年年地长大，再看它，当中的如海深情并没有变浅，它还是那么深。而我的心也渐渐契合田园之境，逐渐懂得安宁质朴之美，诗文与人的对应，应是淡淡的包容和吸纳。人自长成，书未老去。

【安译】

我的丈夫去服役，我难计算他归期。不知何日把家还？鸡儿回窝，太阳落山，牛羊也从山上下来，我的丈夫在外服役，叫我如何不牵挂！

我的丈夫去服役，时日漫长无法计算，不知几时把家还？鸡儿回巢，太阳落山，牛羊也从山上下来，我的丈夫在外服役，希望他不会忍饥挨饿。

扬之水

扬之水，不流束薪。彼其之子，不与我戍申。怀哉怀哉，曷月予还归哉？

扬之水，不流束楚。彼其之子，不与我戍甫。怀哉怀哉，曷月予还归哉？

扬之水，不流束蒲。彼其之子，不与我戍许。怀哉怀哉，曷月予还归哉？

【安解】

《扬之水》可与《君子于役》互看。是以男子口声，一位戍卒因服役在外，日久不得归，思念妻子所作的歌，虽此男思忆的未必是彼女，但天下儿女情状相通，不外乎这几种。

【安译】

激扬的水流，不能漂着束薪一起流走，我亲爱的妻子，不能跟我同来申地戍守，怀念不尽思悠悠，何日我才能返家乡？

激扬的水流，不能漂着束楚一起流走，我亲爱的妻子，不能跟我同来甫地戍守，怀念不尽思悠悠，何月我才能返家乡？

激扬的水流，不能漂着束蒲一起流走，我亲爱的妻子，不能跟我同来许地戍守，怀念不尽思悠悠，何年我才能返家乡？

将仲子

将仲子兮，无踰我里，无折我树杞。岂敢爱之？畏我父母。仲可怀也，父母之言，亦可畏也。

将仲子兮，无踰我墙，无折我树桑。岂敢爱之？畏我诸兄。仲可怀也，诸兄之言，亦可畏也。

将仲子兮，无踰我园，无折我树檀。岂敢爱之？畏人之多言。仲可怀也，人之多言，亦可畏也。

【安解】

我很怜惜这女子两难的处境。她是真爱情人的，渴望与他相见，出于理智又必须制止他，婉拒他，因怕他的鲁莽行为惊动了众人，一旦落人口舌，原本正大光明两情相悦的感情就横生枝节，波折不断。"人言可畏"这个词由"人之多言，亦可畏也"而来，人固然不该因畏惧人言而畏首畏尾，埋没本性。但也不应该无所畏惧，胆大妄为。一个心智成熟的人，应该懂得去避免流言，减少不必要的困扰。

【安译】

仲子啊，求求你，不要爬越我家的里墙。不要折断我家的柳树，我哪里是爱惜树呢？只是害怕被我父母发现罢了。你是如此令我想念，可是父母之言，不可以不放在心上。

仲子啊，求求你，不要攀越我家的围墙。不要折断我家的桑树，我哪里是爱惜树呢？只是害怕被我兄长发现罢了。你是如此令我思念，可是兄长之言，不可以不在意呀。

仲子啊，求求你，不要翻越我家的院墙。不要折断我家的檀树，我哪里是爱惜树呢？只是害怕被我邻居发现罢了。你是如此令我想念，可是外人的闲言，不可以充耳不闻。

风　　雨

风雨凄凄，鸡鸣喈喈。既见君子，云胡不夷。

风雨潇潇，鸡鸣膠膠。既见君子，云胡不瘳。

风雨如晦，鸡鸣不已。既见君子，云胡不喜。

【安解】

这一首诗，汉代的学者认为，它是思慕君子贤人的诗，这样的说法，应是符合诗的深意的。唯有朱熹将其解为淫奔之诗，实在是脑袋进水，莫名其妙不知所云。我是将此诗当作情诗来读，从容雅致，别有一番情致，温雅从容的女子所悦之人亦是谦谦君子。

【安译】

风雨凄凄，鸡鸣不已。我看到了我的意中人，心里如何能不顺服？

风雨凄凄，鸡鸣不息。我看到了我的意中人，心病如何能不痊愈？

风雨凄凄，鸡鸣不止。我看到了我的意中人，心里如何能不欢喜？

草　　虫

喓喓草虫，趯趯阜螽。未见君子，忧心忡忡。亦既见止，亦既觏止，我心则降。

陟彼南山，言采其蕨。未见君子，忧心惙惙。亦既见止，亦既觏止，我心则说。

陟彼南山，言采其薇。未见君子，我心伤悲。亦既见止，亦既觏止，我心则夷。

【安解】

经过漫长的等待，本已渐渐灭绝了重逢的希望，谁知你竟又出现在我面前，这是多么宏大的喜悦啊，久别重逢，失而复得！我该牢牢地抱住你，一时一刻一分一秒也不放开你，我怕一错手，就是天长地久。而我已经不能再等待一次。

【安译】

蝈蝈在草丛间鸣叫，蚱蜢在草丛间跳跃。没有看见你的时候，我心是多么忧愁。一旦和你相遇，一旦和你在一起，我心是多么安稳。

登上了南山，我采摘蕨菜。没有看见你的时候，我心是多么忧虑。一旦和你相见,一旦和你相逢,我心是多么喜悦。

登上了南山,我采摘薇菜。没有看见你的时候,我心是多么伤悲。一旦和你再见,一旦和你重逢,我心是多么平顺。

子衿

青青子衿，悠悠我心。纵我不往，子宁不嗣音？

青青子佩，悠悠我思。纵我不往，子宁不来？

挑兮达兮，在城阙兮。一日不见，如三月兮。

【安解】

一位女子在城阙上等待爱人来临，爱人却失约了，她满腹思念，满心忧虑，不知如何自处。

【安译】

你衣服纯青的士子啊，身影萦绕在我心间。虽然我不能去找你，你为什么不主动给我音信呢？

你佩玉青青的士子呀，我无时无刻不在思念你。虽然我不能去找你，你为什么就不来看我呢？

你可知我孤单等候在城楼上，当初我们在一起多么高兴。你可知我一天见不到你，就像过了三个月那么漫长。

野有蔓草

野有蔓草，零露漙兮。有美一人，清扬婉兮。邂逅相遇，适我愿兮。

野有蔓草，零露瀼瀼。有美一人，婉如清扬。邂逅相遇，与子偕臧。

【安解】

这是一首名副其实的艳遇之歌，一个男子在野外遇见一个女子，一见倾心，慕其美貌，作歌赞之。这样的艳遇，带给人美好的向往，而现在提到艳遇，就是指男女之间那点破事，真是让我浑身不适。

【安译】

原野之上蔓草青青，草尖之上露水晶莹，所悦美人，眉清目秀，性格温柔，不期而遇，怦然心动。情投意合，称心如意。

原野之上蔓草青青，草尖之上露水浓重，所悦美人，眉清目秀，性格温柔，不期而遇，大喜过望。相处融洽，称心如愿。

「生死契阔，与子成说。执子之手，与子偕老。」我看见这十六个字如红色的流星坠落，当我闭上眼睛的时候，我几乎感觉不到死亡的疼痛。只有，一生路尽蓦然回首时的甜美眷恋。我是如此的眷恋这人世，虽然它满目疮痍。